AF399640

Angelika Lauriel hat in Saarbrücken Übersetzen und Dolmetschen Englisch/Französisch studiert. Sie schreibt Kinder- und Jugendbücher sowie zeitgenössische Romane für Erwachsene und wird seit 2010 von diversen Verlagen verlegt.
Seit Sommer 2016 unterrichtet sie in dem Fach „Deutsch als Zweitsprache" Kinder und Jugendliche, die aus ihrer Heimat nach Deutschland geflüchtet sind.
In ihrer Freizeit singt sie in einem Kammerchor. Sonst kümmert sie sich um ihre fünfköpfige Familie und die französische Bulldogge Banou.

ANGELIKA LAURIEL

Weihnachtswunsch und Hochzeitspunsch

Überarbeitete Neuausgabe November 2021

© 2021 dp Verlag, ein Imprint der dp DIGITAL PUBLISHERS
GmbH

Made in Stuttgart with ♥
Alle Rechte vorbehalten

Weihnachtswunsch und Hochzeitspunsch
ISBN 978-3-98637-132-6
E-Book-ISBN 978-3-98637-138-8

Copyright © 2017, dp Verlag, ein Imprint der dp DIGITAL PUBLIS-
HERS GmbH
Dies ist eine überarbeitete Neuausgabe des bereits 2017 bei dp Ver-
lag, ein Imprint der dp DIGITAL PUBLISHERS GmbH erschienenen
Titels Winterduft und Schneeflockenküsse (ISBN: 978-3-96087-270-
2).

Covergestaltung: Grit Bomhauer
Umschlaggestaltung: ARTC.ore Design
Unter Verwendung von Abbildungen von
shutterstock.com: © VictoriaMay, © NadzeyaShanchuk, © Amanita
Silvicora, © Ardea-studio
Lektorat: Janina Klinck
Satz: dp DIGITAL PUBLISHERS GmbH
Druck und Bindung: Books on Demand GmbH, Norderstedt

Adventsshopping in Frankreich

Herbstnebel tauchte Metz in unwirkliches Licht. Camille atmete auf, als sie das Stadtzentrum erreichte. Es war das erste Mal, dass sie mit dem Auto von Saarbrücken hierherfuhr – und nun hatte sie es geschafft. Trotzdem flackerte die Aufregung in ihr nochmals auf, als sie ihren Smart in das Parkhaus La Cathédrale in Metz steuerte, das ihre Cousine Mia ihr genannt hatte. Mia hatte es sich in den Kopf gesetzt, an nur einem Nachmittag das ultimative Brautkleid zu finden, denn es musste schnell gehen. Die Hochzeit war für den Tag nach den Weihnachtsfeiertagen geplant, und jetzt war bereits Ende November! Aber nicht nur das – Mia wollte auch die perfekten Kleider für drei ganz unterschiedliche Frauen, die ihre Brautjungfern sein sollten.

Camille fand eine Parklücke und stellte ihren Wagen dort ab. Sie sah auf die Uhr, es war kurz nach zwölf. Die anderen würden wohl schon auf sie warten. Der Weg von Saarbrücken nach Metz war leichter zu finden gewesen, als sie erwartet hatte, und was sie bisher von der Stadt gesehen hatte, gefiel ihr ausnehmend gut. Der Lichterschmuck in den Straßen sorgte dafür, dass man das trübe Novemberwetter vergaß und sich auf die gemütlichen Adventstage freute. Aber sie hatte ohnehin eine Schwäche für Frankreich, und das nicht nur, weil sie – wie ihr Bruder Julien – einen französischen Vornamen trug. Es war schwer zu übersehen, dass ihre Eltern wahre Frankreichliebhaber waren. Eigenartig, dachte Camille, dass sie Metz bisher noch nie besucht hatte.

Sie suchte nach dem Ausgang, orientierte sich kurz und hielt dann auf die Kathedrale Saint-Etienne zu, deren Turm sich über die Dächer von Metz erhob. Direkt am Place Jean-Paul sollte das Café Brasserie à la Lune sein, in dem sie sich zu einem schnellen Mittagessen treffen wollten. Camille freute sich sehr darauf, ihre Cousine Mia wiederzusehen. Die beiden anderen kannte sie noch nicht, aber das würde sich ja gleich ändern.

Camille blieb stehen und betrachtete verträumt das Hauptportal der Stephanskathedrale. Der Nebel hing in den Türmchen und filigranen gotischen Strebebögen, als hätte man die gelb leuchtende Sandsteinkirche wie ein Lebkuchenhaus mit Zuckerwatte verziert. Sie seufzte wohlig. Hier zu heiraten musste wunderschön sein. Sie freute sich auf die Hochzeit nach Weihnachten. Dann drehte sie sich um und entdeckte den Eingang des Lokals. Neben einem Weihnachtsbäumchen an der Ecke des Gebäudes versprach eine kleine, von Hand beschriftete Tafel lothringische Spezialitäten. Sie blickte zum Himmel, weil sie dachte, einen wärmenden Strahl auf ihrem Rücken gespürt zu haben. Irgendwo über den Wolken musste die Sonne scheinen, denn die wabernden Nebelschleier leuchteten wie von innen heraus. Camille versuchte durch die Fenster und die Glasscheibe der Tür im Innern des Lokals etwas zu erkennen. Tatsächlich, da winkte ihr jemand zu. Erleichtert öffnete sie die Tür und ging hinein.

„Hier sind wir!" Ihre Cousine war aufgesprungen und winkte noch immer. Die beiden Frauen, die am selben Tisch saßen, hatten sich umgedreht und sahen ihr lächelnd entgegen. Die große Blonde musste Greta Rath sein, mit der ihre Cousine sich in der Berufsschule angefreundet hatte. Mia hatte gesagt, sie gleiche dem holländischen Topmodel Doutzen Kroes, und Camille stimmte ihr zu – sie fiel sofort auf. Ihr ebenmäßiges

Gesicht war perfekt geschminkt. Die dichten Haare flossen glänzend wie Honig auf ihre Schultern herab, und das Lächeln auf ihren Wangen strahlte Lebensfreude und ein gesundes Selbstbewusstsein aus.

Die Brünette mit der markanten Brille war demnach Sophie Thielen, die ehemalige Mitbewohnerin und beste Freundin von Mia, die hier in Metz einen Zeitjob angenommen und dann in ihrem Chef ihre große Liebe gefunden hatte. „Eine Geschichte wie aus einem romantischen Liebesfilm", hatte Mia geschwärmt. Mit ihren roten Haaren, die sie sich in einem irgendwie chaotisch wirkenden Knäuel im Nacken festgesteckt hatte, wirkte Mia dazwischen wie ein aufgeregter Wirbelwind. Ihre Wangen leuchteten rot, eine Eigenart, die sie mit ihrer Cousine gemeinsam hatte – genau wie die fröhlich funkelnden Augen. Camille setzte ihre mollig warme Beaniemütze ab, als sie auf den Tisch zuging. Sie fuhr sich kurz durch die Locken, die sofort in ihre ursprüngliche Form zurücksprangen, dann begrüßte sie die drei Frauen.

Camille ging um den Tisch herum und zog Mia in ihre Arme. Ihre Cousine drückte sie herzlich an sich. „Wie schön, dass du es heute geschafft hast!" Sie küssten einander auf beide Wangen, dann lösten sie sich voneinander. Mia drehte sich um und deutete auf die große Blonde. „Das ist Greta."

Greta stand auf, beugte sich über den Tisch und streckte Camille die Hand entgegen. Sie musste mindestens eins achtzig groß sein. „Hallo, Camille, ich freue mich total. Gut, dass du da bist, dann können wir gleich bestellen." Sie zwinkerte. „Ich habe einen Mordshunger."

„Und das ist Sophie Thielen, die heute unsere Fremdenführerin sein wird." Mia lachte laut. „Bis wir im richtigen Geschäft gelandet sind zumindest."

Camille streckte Sophie die Hand hin. Diese beugte sich automatisch vor, um ihr die französischen Bises zu geben, und sofort stieg in Camille eine Erinnerung an ihre vielen Sommerferien in der Bourgogne auf. Sophie schien von innen heraus zu strahlen, fast, als wäre sie die Braut, deren Hochzeit vorbereitet werden sollte. Na ja, sie musste ja gerade auch eine traumhafte Zeit erleben, frisch verliebt wie sie war. Eine Sekunde fragte Camille sich, wann sie zum letzten Mal so gestrahlt hatte.

„Schön, dich kennenzulernen, Camille. Mia hat mir schon viel von dir erzählt. Komisch, dass wir uns früher noch nie begegnet sind, bei einer Geburtstagsfeier oder so."

Sie setzten sich alle. „Tja, das hängt damit zusammen, dass ich immer in den Sommerferien Geburtstag gefeiert habe", erklärte Mia. „Und da war Camille mit ihrer Familie in Dijon, ausnahmslos."

Sophie sah ihr in die Augen. „Hast du ein französisches Elternteil?"

„Nein", Camille nahm die Speisekarte entgegen, die Greta ihr entgegenstreckte, und schlug sie auf. „Meine Eltern hatten nur immer ein Faible für die Bourgogne. Ich kenne sie quasi wie meine Westentasche."

„Ein guter Freund von mir stammt aus der Ecke." Sophie nickte. „Sehr schöne Gegend."

„Ich will echt nicht unhöflich sein, Mädels", sagte Greta, „aber ich hatte nur ein sehr karges Frühstück. Sophie, kannst du Camille schnell die Karte erklären?"

Camille gluckste. „Ich habe vollstes Verständnis. Hunger ist etwas Furchtbares." Sie zwinkerte Greta zu und studierte die Speisen. „Da werde ich schon was finden, ich beeile mich auch."

Greta klatschte in die Hände und grinste. „Sorry. Ist ja klar, dass du die Karte selbst verstehst, wenn du so fit in Französisch bist. Typisch für mich: Reden, ohne vorher nachzudenken." Camille, die sich für ihre heißgeliebte Quiche Lorraine entschied, legte die Karte auf den Tisch und lächelte. Sie schloss Greta sofort ins Herz.

Nachdem sie bestellt hatten, räusperte Mia sich und setzte eine ernste Miene auf, die nicht ganz zu dem Blitzen in ihren Augen passen wollte. Camille sah ihrer Cousine an, wie glücklich und aufgeregt sie war. „Eine Rede", sagte sie. „Na ja, eher eine kurze Ansprache. Ihr habt alle unsere Einladung zur Hochzeit angenommen, worüber wir uns sehr freuen." Sie nahm die Einladungskarte in die Hand, die sie auf dem Tisch bereitgelegt hatte, und hielt sie kurz hoch. „Ich wollte euch noch erklären, warum wir uns für Metz entschieden haben."

„Ja, ich habe mich schon gewundert", sagte Sophie. „Meine Freundin Florence sagte, dass es echt schwer ist, in der Kathedrale einen Hochzeitstermin zu bekommen. Das machen die normalerweise nicht."

Camille kicherte und deutete auf den Schriftzug Pourquoi pas? auf der Vorderseite. „Jedenfalls habt ihr euch ein lustiges Motto ausgesucht."

Die Kellnerin brachte zwei Teller mit Quiche Lorraine und stellte einen vor Camille, einen vor Mia ab.

„Boah, was wir deshalb schon an Kommentaren haben einstecken müssen, ich sag's euch!" Mia begann ihr Besteck aus der Serviette zu wickeln, während eine zweite Kellnerin einen Croque Monsieur vor Greta und eine weitere Quiche vor Sophie abstellte.

„Warum das denn?"

„Warum nicht? – das wäre ja wohl kein Grund zum Heiraten, haben Niklas' Cousinen und Cousins gesagt. Du weißt ja, die sind speziell", sagte sie in Camilles Richtung.

Camille dachte daran, wie viel Stress die Frage der Sitzordnung Niklas im Vorfeld der ursprünglich geplanten Hochzeit verursacht haben musste. In seiner Verwandtschaft gab es Menschen, die niemals zusammen an einem Tisch sitzen würden. „Ja, ich erinnere mich", stimmte sie zu. Auch Sophie nickte bei ihren Worten.

„Außerdem haben viele hämisch nachgefragt, ob wir uns inzwischen wenigstens sicher sind oder ob wir dann wieder Fracksausen bekommen." Sie prustete die Luft aus. „Okay, vielleicht haben wir das mit unserer Flucht vor der eigenen Courage im Sommer herausgefordert. Aber ...", sie unterbrach sich, „ach egal. Jedenfalls hat mein Vater mich gefragt, ob ich Lust auf eine kirchliche Trauung in Frankreich hätte. Er hat einen Cousin dritten oder vierten Grades, der hier lebt und Pastor ist. Der hat gehört, dass wir im Advent standesamtlich heiraten wollten, und meinen Eltern vorgeschlagen, dass wir anschließend in der Metzer Kathedrale kirchlich heiraten könnten. Er hat ihnen vorgeschwärmt, wie schön Trauungen in der Kathedrale seien. Und er möchte so gern noch ein Mal eine halten, bevor er in den Ruhestand tritt."

„Okay", Sophie zog die zweite Silbe des Worts in die Länge, „nun habe ich dich ja nicht unbedingt als eifrige Kirchgängerin erlebt." Camille grinste breit, sagte aber nichts, sondern schob sich stattdessen mit der Gabel ein Stück Quiche in den Mund. Sophie wusste offenbar, dass der sonntägliche Besuch der Messe auf Mias To-do-Liste für gewöhnlich nicht sehr weit oben stand.

Mia lachte schallend. „Nein, das nicht, aber ihr wisst, dass ich katholisch getauft bin."

„Klar", bestätigte Sophie. Greta und Camille nickten.

„Deshalb ist es für mich ein schöner Gedanke, dass wir unsere Ehe auch in einer Kirche schließen werden. Und sei es auch nur als äußeres Zeichen dafür, dass wir beide uns jetzt sicher sind und dazu stehen wollen. Selbst Niklas war von diesem Gedanken begeistert."

Sophie sah Mia an, dann nickte sie. „Es wird jedenfalls ein wunderschöner Rahmen sein, vor allem wenn es für euch beide mehr als nur Kulisse ist. Ich freue mich für dich."

„Wir sind auch ganz aus dem Häuschen, dass das klappt. Ich hätte nie gedacht, dass ich mal vor einem Altar stehen würde. Für mich ist es ein gutes Zeichen."

„Es wird sicher ein traumhaftes Fest werden. Und ich finde es auch schön, dass ihr alle hierher einladen wollt."

„Hm … ja. Also, da haben wir ein bisschen umdisponiert. Wir haben die Gäste quasi aufgeteilt. Zahlenmäßig wird die größere Feier in Aachen stattfinden." Mia zog die Schultern hoch. „Alles andere wäre einfach nicht bezahlbar und logistisch auch viel zu kompliziert. Zur kirchlichen Trauung kommen deshalb nur die engsten Freunde und der engere Verwandtenkreis."

Greta schnaubte belustigt. Sie hatte ihren Croque Monsieur bereits verputzt. „Wie regelt ihr das mit Niklas' komplizierter Verwandtschaft?"

Mia winkte ab. „Die müssen das einfach schlucken. Dadurch dass wir in Metz ein kleineres Grüppchen sind, wird es allerdings nicht einfacher, sondern eher komplizierter. Da werden die Verwandten sich nicht so leicht aus dem Weg gehen können." Sie pikte ihr letztes Stück Quiche auf die Gabel. „Aber das kriegen wir hin. Immerhin sind sie alle im Hotel untergebracht. Da werden sie sich schon zu benehmen wissen."

„Das La Citadelle ist wirklich super schön." Sophie strahlte. „Und die Küche ist hervorragend."

„Gibt's noch einen Nachtisch?", fragte Greta.

Eine gute Stunde später befürchtete Camille, dass sie mit ihrem vollen Bauch niemals ein hübsches Cocktailkleid finden würde, in dem sie sich wohlfühlen und trotzdem eine gute Figur abgeben würde. Mit gemischten Gefühlen ließ sie ihre Blicke über die Kleider wandern, in denen die Schaufensterpuppen steckten. Neben den blütenweißen Brautkleidern, um die sich hier alles drehte, waren auch ein paar Abendkleider ausgestellt.

Als sie den Laden betraten, wartete die Verkäuferin bereits auf sie, da Mia das Grüppchen angemeldet hatte. Mit ausgebreiteten Armen kam sie auf die vier zu und wandte sich mit traumwandlerischer Sicherheit an die Größte, um einen Schwall charmant klingender französischer Wörter über sie zu gießen. Greta quittierte ihre Ansprache mit einem Lächeln, bevor sie sich umdrehte. „Ähm, ich habe nichts verstanden. Kann eine von euch dolmetschen?"

„Sie hat uns begrüßt und gemeint, dass du die Braut sein musst." Camille zwinkerte, drehte sich dann lächelnd zur Verkäuferin und zog Mia am Ellbogen einen Schritt vor. „Sie ist die Braut, Mia Feveler. Wir", mit einer Geste umfasste sie sich, Greta und Sophie, „sind die Brautjungfern." Die Verkäuferin lachte auf. „Ja, natürlich, Sie haben sich ja extra die Haare hochgesteckt, ma chère. Comme vous êtes belle." Sie strahlte Mia an, die bei dem Kompliment errötete. Camille schielte auf Mias Haarknoten und grinste. Ihre Cousine war als kleines Mädchen ein Wildfang gewesen und hatte erst sehr spät in Betracht gezogen, anstatt Hosen auch mal einen Rock oder ein Kleid zu tragen. Bei der Auswahl an Brautkleidern, die auf den ersten Blick zu sehen waren, würde es womöglich gar nicht so leicht werden, etwas zu finden, das Mia gefiel. Diese Kleider waren sehr üppig. War es heute wieder modern, wie eine Disney-Prinzessin aufzutreten? Mit einem Rock, der durch keine Tür passte, und Bergen an Chiffon, Rüschen und Reifröcken?

Die Verkäuferin bot allen ein Glas Crémant an, dann stellte sie sich vor Mia und fixierte sie von oben bis unten. Mit geschürzten Lippen sagte sie: „Alors, Sie sind eine zierliche Person und haben diese spritzigen roten Haare einer Fee. Ich schlage Ihnen etwas vor, das eine Princesse aus Ihnen macht." Damit drehte sie sich um und sah nicht, wie Mia die Augen aufriss und lautlos Hilfe murmelte, bevor sich ein übermütiges Lachen in ihren Augenwinkeln festsetzte. Sie schüttelte heftig den Kopf, als die Verkäuferin sich wieder zu ihnen umdrehte und ein Kleid aus einer Reihe von Roben hervorzog, dessen Rock aus einer riesigen weißen Wolke zu bestehen schien. Das Oberteil war eine reich mit Glitzersteinen und Strass besetzte Corsage. Dazu gehörte ein winziges Bolerojäckchen aus filigraner Spitze, ebenfalls mit Strass und Steinchen besetzt. Mia machte dicke Wangen und blies die Luft aus, die Verkäuferin verzog den Mund. „Alors, cela pas", murmelte sie.

„Nein, das nicht", wiederholte Mia und ging zielstrebig zur anderen Seite des Verkaufssaals. Dort deutete sie auf eine Schaufensterpuppe, die ein schmal geschnittenes, langärmeliges Kleid trug, dessen Rock in Höhe der Oberschenkel etwas weiter wurde und in einer kurzen Schleppe endete. Das Kleid sah aus, als flösse es wie flüssige Sahne an der Puppe herab, und stach durch seine Schlichtheit hervor. Vorne komplett aus blickdichtem Crêpe Monique verführte der U-Boot-Ausschnitt dazu, sich dem Rücken zuzuwenden, der wie die Rückseite der Ärmel transparent war. Der zarte Hauch von Stoff war mit Organzablüten verziert, und vom Nacken bis zum Po zog sich eine Linie kleiner stoffüberzogener Knöpfchen. Einen Schleier würde Mia mit diesem Kleid nicht brauchen. Sophie, Greta und Camille nickten.

Die Verkäuferin klatschte in die Hände. „Mais bien sûr! Das ist Ihr Kleid! Es hat nur auf Sie gewartet."

Die Anprobe dauerte keine halbe Stunde, da an dem Kleid nicht das Geringste zu ändern war. Die Brautschuhe hatte Mia von ihrer Mutter geerbt; sie passten

perfekt. Ein kleines Täschchen und ein flauschiges Bolerojäckchen für draußen waren ebenfalls sofort gefunden. Die Verkäuferin gab Anweisungen, das Kleid
einzupacken, und wirkte beinahe ein bisschen enttäuscht. „Ich glaube, ich hatte noch nie eine Kundin, die
sich so schnell entschieden hat."

„Keine Sorge, wir brauchen ja noch die passenden
Kleider für meine Freundinnen."

Camille musterte Greta mit ihren honigblonden und
Sophie mit den kastanienbraunen Haaren. Ihre eigenen Haare passten mit ihrem Ebenholzton zu fast allen
Kleiderfarben. Die Verkäuferin schien den gleichen Gedanken nachzuhängen. Sie legte einen Finger an die
Lippen.

„Nun, ich denke da an ein zartes Violett." Sie ging mit
der Stimme ein wenig hoch, als wäre es eine Frage.

Sophie stieß einen halb erstickten Laut aus. „Wie
wäre es alternativ mit Babyrosa?"

„Oder Knallpink", schlug Greta vor. Die Verkäuferin
verzog den Mund. Sie erkannte offensichtlich nicht die
Ironie in den Vorschlägen und war verunsichert.

„Ich wäre ja für grün-blau-gestreift." Mia prustete.
„Wir scherzen nur. Aber Violett kommt nicht infrage.
Und Babyrosa oder Pink schon gar nicht." Zum Glück
sahen Sophie und Greta das genauso.

„Wir können ja mal sehen, was die Farbpalette hergibt", schlug Camille vor. „Es sollte ein warmer Farbton
sein, der uns allen gut steht, nicht?" Die Verkäuferin
nickte und führte die vier in einen anderen Verkaufsraum. Dort ging sie zielstrebig zu einer Wand, vor der
Ballkleider in hellen Farbtönen hingen. Mia trat vor
und zeigte auf ein langes Kleid in A-Linie mit leicht
schwingendem Rock aus Seidenchiffon in einem
pudrigen Gelb. Das schmale Oberteil aus elfenbeinfarbener Spitze über dem Seidenstoff war zwar ärmellos,
hatte aber einen runden Halsausschnitt, der gut in den

Winter passte und es schlicht-elegant wirken ließ. Mit einem Bolerojäckchen oder einem Cape kombiniert würde es mit Mias Brautkleid harmonieren, ohne ihm die Show zu stehlen.

Die Verkäuferin nickte und nahm das Kleid vom Haken, um ihnen die Rückansicht zu zeigen. Der Rücken bestand aus Spitze, die sich bis zu einem tief herunterreichenden Ausschnitt zog. „Das ergänzt die Optik der Braut perfekt", sagte sie begeistert. Dann ließ sie ihren Blick von Greta über Sophie zu Camille wandern. Zufrieden nickte sie. „Und Sie alle können diese A-Form tragen. Ja." Sie wandte sich Mia zu. „Sie haben wirklich ein Auge für Mode."

Greta streckte die Hand nach dem Kleid auf dem Bügel aus. „Lassen Sie es uns anprobieren."

Anderthalb Stunden später waren sie fertig. Die Verkäuferin hatte Sophies und Camilles Maße notiert, um für die beiden das Kleid in der richtigen Länge und Weite anfertigen zu lassen. Passende Capes waren auch gefunden. Die Kleider würden an ihre jeweiligen Adressen geliefert werden. Lediglich Mia und Greta konnten ihre Kleider sofort mitnehmen, weil daran nichts geändert werden musste. Zufrieden trugen sie die riesigen Papptaschen mit dem wertvollen Inhalt zum Parkhaus, um sie dort im Kofferraum von Mias Wagen sicher zu verstauen, bevor sie noch ein bisschen bummeln wollten.

Ausgelassen schlenderten die vier durch die Fußgängerzone, ließen die Atmosphäre und den Trubel auf sich einwirken, und erst als der Novembernebel sich langsam in einen hauchzarten, aber dichten Nieselregen verwandelte, kehrten sie in einem Café in der Nähe der Galeries Jouvet ein. Nachdem sie an ihren Kaffees genippt hatten, lächelte Sophie Mia an. „Von hier aus habe ich dich vor einem guten halben Jahr angerufen, erinnerst du dich noch? Ich saß da draußen, mit Blick aufs Arsénal, und hab dir mein Leid geklagt."

Mia nickte. „Oh, ja. Und wie viel seitdem passiert ist!"

„Was denn?", fragte Greta. „Dürfen wir beide es auch wissen?" Sie zwinkerte Camille zu. Camille, die nur wenig von Sophies Geschichte und von Mias Herzenstrubel im Sommer gehört hatte, lehnte sich erwartungsvoll zurück.

„Ja, ehrlich gesagt möchte ich auch gern ein bisschen mehr erfahren."

„Über Sophie oder über mich?"

Sophie legte eine Hand auf Mias Unterarm. „Ich denke, hier geht es um dich. Das ist deine Zeit."

Mia atmete tief ein und aus. „Also gut, ich erzähle es noch ein letztes Mal. Erinnert ihr euch an den Film Die Braut, die sich nicht traut mit Julia Roberts? So ungefähr müsst ihr euch das vorstellen, nur dass wir keine kirchliche Hochzeit geplant hatten." Sie verzog den Mund. „Und dass ich nicht die Einzige war, die Panik hatte ..."

„Echt? Niklas wollte auch nicht?", fragte Greta nach.

Mia nickte. Dann erzählte sie, wie sie beide mehrere Wochen vor der Trauung entschieden hatten, dass sie zwar die Hochzeitsreise in die Bretagne gemeinsam antreten würden, den Termin auf dem Standesamt aber absagen wollten. Zum Glück war es noch früh genug gewesen, um die Restaurantbuchung stornieren und allen Gästen rechtzeitig Bescheid geben zu können. „Und ich hatte auch kein weißes Brautkleid, weil ich das fürs Standesamt sowieso bescheuert gefunden hätte." Mia kicherte. „Na ja, und jetzt machen wir es richtig groß." Sie hielt inne. Hätte Camille ihre Cousine nicht schon von Geburt an gekannt, hätte sie ihr ihre Unbefangenheit vielleicht abgekauft. So jedoch regte sich in ihr der leise Verdacht, dass Mia sich selbst am meisten davon überzeugen musste, das Richtige zu tun. Sie behielt ihre

Gedanken aber für sich. Vielleicht würde sich noch die Gelegenheit ergeben, alleine mit Mia zu sprechen.

„Na ja", sagte Mia in das Schweigen hinein und zuckte mit den Schultern. „Wir haben unsere vorgezogenen Flitterwochen jedenfalls genossen, und in der Bretagne sind wir auf eine wunderschöne Idee gekommen, die auch euch betrifft", sie ließ ihren Blick von einer zur anderen wandern und nickte bedeutungsvoll. „Aber Genaueres werde ich euch nicht verraten, Mädels. Das werdet ihr am Tag der Hochzeit herausfinden." Sie legte ihre Hand auf Sophies. „Und du denkst daran, dir für den fünfzehnten Dezember freizunehmen? Die Trauzeugen müssen zu beiden Terminen da sein, zuerst beim Standesamt und dann in der Kirche."

Unter vier Augen

War es Glück, das Mia dieses wunderschöne leichte Gefühl bescherte? Sie fühlte sich energiegeladen, als sie sich von Camille und Sophie verabschiedete. Die beiden hatten sie und Greta ins Parkhaus La Cathédrale begleitet. Camille, weil sie selbst auch dort geparkt hatte, und Sophie, weil sie jede Minute mit ihnen auskosten und alle noch einmal in den Arm nehmen wollte, wie sie gesagt hatte.

„Du tust das Richtige", flüsterte Sophie in ihr Ohr, als sie sie einen Moment festhielt. Als ahnte sie, dass Mia, die coole Socke, in dieser Angelegenheit doch nicht so cool war. Mia überspielte den Moment, indem sie ihrer besten Freundin ein Küsschen auf die Wange drückte und sich dann aus ihrer Umarmung löste. Sie wandte sich Camille zu und zog auch ihre Cousine an sich. Sie schnaubte, als Camille die gleichen Worte zu ihr sagte, und blickte die beiden abwechselnd an.

„Das weiß ich doch, ihr braucht das nicht so zu betonen." Dann wedelte sie mit beiden Händen, als wolle sie sie verscheuchen. „Und jetzt weg mit euch, wir sehen uns ja bald wieder. Ich melde mich, damit wir uns im Advent treffen können, um alles zu besprechen." Sie wackelte nachdenklich mit dem Kopf. „Es gibt bestimmt noch einen Haufen Dinge, an die wir nicht gedacht haben. Und dafür sind Brautjungfern ja da." Feixend winkte sie Sophie und Camille noch einmal kurz zum Abschied.

Greta saß bereits auf dem Beifahrersitz, als Mia sich hinter das Lenkrad schob. Sie strahlte. „Das hat Spaß gemacht."

„Ja, mir auch." Mia startete den Wagen. „Aber nun los, eine lange Fahrt erwartet uns." Sie fand den Weg aus dem Parkhaus hinaus und ließ sich von ihrem Navigationssystem zur Autobahn leiten. Schon bald führte sie mit Greta ein entspanntes Gespräch. Sie beratschlagten über den Brautstrauß und die Sträuße, die die Brautjungfern bekommen würden. Den Floristen, den Mia beauftragt hatte, kannten sie beide noch aus ihrer Ausbildungszeit.

„Ist es für dich wirklich okay, dass ich den Auftrag nicht dir gegeben habe?"

„Ja, ich bin an den Feiertagen voll eingespannt. Ich helfe meiner Mutter beim Kochen. Die Frau Chirurgin hat, wenn es ans Alltägliche geht, zwei linke Hände. Sie ist auf mich angewiesen." Greta stieß ein fröhliches Lachen aus, an dem Mia ablesen konnte, wie sehr sie sich auf Weihnachten freute. Wie Mia aus vielen Gesprächen mit ihrer Freundin wusste, waren die Weihnachtsfeiertage für Greta und ihre Familie die unbeschwertesten Tage des Jahres, zumindest wenn ihre Eltern beide frei bekommen konnten, was bei einem Ärzteehepaar nun mal nicht selbstverständlich war. Greta blies sich eine einzelne Haarsträhne aus der Stirn. „Und Carlos Scheidung geht am achtzehnten über die Bühne. Wir wollen ein paar Tage wegfahren."

„Ich bin total gespannt auf deinen Carlo. Er scheint es ja ernst mit dir zu meinen." Sie warf Greta einen Seitenblick zu. „Bist du glücklich?"

Bisher hatte Greta mit ihren Beziehungen immer danebengelegen. Die Männer neigten ganz offenbar dazu, in ihr nur die auffallende Schönheit zu sehen. Dass sie eine intelligente Frau mit Wünschen, Sorgen und Sehnsüchten war, geriet da öfter mal in Vergessenheit. Greta hatte schon oft mit einem halb scherzhaften Seufzen gesagt, sie würde lieber weniger auffallen und dafür als Mensch ernster genommen werden. Sie hatte früh gelernt, selbstbewusst aufzutreten, weil sie sich bereits gegen Anträge der Männerwelt wehren musste, als Mia noch gehofft hatte, endlich mal als Frau wahrgenommen zu werden. Mia, die sich mit Niklas so wohlfühlte wie mit keinem anderen Menschen in ihrem Leben, wünschte Greta einen Partner zur Seite, der sie glücklich machen würde. Sie kannte Carlo noch nicht näher, aber es fiel ihr schwer, über den Altersunterschied hinwegzusehen. Der angesehene plastische Chirurg, den Greta zu Hause bei einem Abendessen kennengelernt hatte, weil er im selben Krankenhaus arbeitete wie ihre Eltern, war nur zehn Jahre jünger als Gretas Vater und damit genau doppelt so alt wie sie.

„Ich weiß schon, du traust ihm nicht, stimmt's? Aber ja, ich bin glücklich. Weißt du, er ist endlich mal ein erwachsener Mann. Natürlich mag er mein Aussehen, aber schließlich hat er täglich mit Frauen zu tun, die genauso schön sind, oder schöner." Mia sah im Augenwinkel, dass sie eine Schulter hochzog. „Das Aussehen allein ist für ihn nicht entscheidend."

Mia konnte sich ein leises Grunzen nicht verkneifen. Greta reagierte jedoch nicht sauer, sondern mit einem Lachen. „Ich weiß schon, was du sagen willst. Carlo ist auf den ersten Blick kein Hingucker. Aber das macht er mit seiner Wirkung wett. Und im Bett ist er einfach … hmm." Ihre Stimme klang schwärmerisch. Beide lachten laut.

„Na, wenn das mal kein Grund zum Heiraten ist!"

„Nein, übers Heiraten denke ich gar nicht nach. Er wird ja gerade erst frei. Ich bin froh, dass die beiden das so zivilisiert hinbekommen. Hat man ja auch nicht immer. Ich hatte schon Bammel, seine Frau würde mich stalken oder so."

Mia runzelte die Stirn. „Vielleicht warst du nicht die Erste –", sie biss sich auf die Lippen. Es ging sie nichts an. Oder doch? Schließlich war Greta eine ihrer besten Freundinnen.

Diese verschränkte die Arme vor der Brust. „Was willst du damit sagen? Hast du irgendwas gehört?"

Mia schüttelte den Kopf. „Ich kann nichts behaupten und will es auch nicht. Da war bloß diese eine Kundin von mir. Sie kaufte einen Blumenstrauß, um ihre Freundin aufzumuntern. Die hatte gerade den Laufpass bekommen. Von einem verheirateten Arzt, der ihr das Blaue vom Himmel herunter versprochen hatte und sie dann doch hat fallen lassen."

„Ach, und der Arzt war Carlo?" Die Stimmung im Auto schlug um, von Greta schien ein kalter Hauch herüberzuwehen. Mia bereute es, davon angefangen zu haben.

„Greta, du bist meine Freundin. Ich will nicht, dass du wieder enttäuscht wirst." Sie atmete tief ein und aus. „Ja, sie meinte Doktor Capón. Aber das ist schon über ein Jahr her."

„Über ein Jahr, sagst du? Ich bin seit acht Monaten mit Carlo zusammen. Also, was geht's mich an?"

Mia warf Greta einen Seitenblick zu. Ihre Freundin kaute auf der Unterlippe herum. Hatte Carlo ihr etwa nichts von ihrer Vorgängerin erzählt?

„Ich will ja nur, dass du vorsichtig bist, okay? Das alles muss nichts zu bedeuten haben. Ich kenne ihn nicht, habe ihn ja erst das eine Mal gesehen, als ihr euch nach unserem gemeinsamen Kinobesuch noch getroffen habt." An jenem Abend hatten sie zu viert in den neuen Fluch der Karibik gehen wollen. Niklas und Mia sollten Gretas neuen Freund kennenlernen, womit auch klar war, dass sie es ernst mit ihm meinte, denn davor hatten sie sich noch nie zu viert getroffen. Doktor Carlo Capón hatte sich dann aber entschuldigen lassen. Als er nach dem Film am Kino aufkreuzte, hatte er

Greta schon vorher eine SMS geschickt, in der er ihr angekündigt hatte, dass er mit ihr reden müsse.

„Erinnere mich nicht daran, das war ein fürchterlicher Abend. Er hat mir stundenlang von seinem Ehekrach vorgeheult. An dem Tag ist seine Frau ausgeflippt." Sie schwieg. Mia traute sich nicht, ihre Bemerkung zu kommentieren. Wenn Greta bereit war zu reden, tat sie es von sich aus. Mia war sich bewusst, dass sie von ihren Freundinnen für ihre Offenheit und ihre klaren Worte geliebt wurde. Aber seit sie und Niklas sich in den letzten Monaten so viele unerbetene Kommentare zu ihren Hochzeitsplänen hatten anhören müssen, war sie mit dem Äußern ihrer Meinung viel vorsichtiger geworden.

Greta schien in Gedanken versunken. Erst nach mehreren Minuten stieß sie einen zischenden Laut aus. „Das sollte heute nicht unser Thema sein, findest du nicht? Wo wir gerade das Brautkleid für deine Hochzeit gekauft haben." Sie wedelte mit der Hand. „Ich freue mich wahnsinnig für euch beide! Das wird ein traumhafter Tag."

Mia lächelte, sagte aber nichts.

„Wird jemand eine Rede halten, so wie in den amerikanischen Filmen? Ich meine, wenn ihr schon das Fest so gestaltet. Brautjungfern, die alle das gleiche Kleid tragen, habe ich bisher nur im Kino gesehen, um ehrlich zu sein." Sie kicherte auf ihre gelöste Art, die Mia schon in den ersten Tagen in der Berufsschule aufgefallen war. Anspannungen hatte sie schon damals mit ihrem Lachen die Schwere genommen – weshalb Mia sie sofort ins Herz geschlossen hatte. Vielleicht, weil sie hinter Gretas zur Schau gestellten frechen Art ihren wachen und misstrauischen Geist erkannte. Und ihre Einsamkeit.

„Ja, ein Onkel von mir. Er hat das voll drauf, und wenn schon jemand sowas macht, dann er." Mia lachte schallend. „Vielleicht finden manche das übertrieben, aber man darf das alles nicht zu ernst nehmen. Niklas und ich wollen einfach allen zeigen, dass wir zueinander stehen."

„Wollt ihr das?", fragte Greta schlicht. Beinahe klang es wie eine Feststellung, nicht wie eine Frage. Mia riss am Lenkrad, weil sie in letzter Sekunde sah, dass sie die Autobahn wechseln musste.

„Ups", machte Greta und hielt sich am Haltegriff über der Tür fest.

„Sorry, ich hätte beinahe die Ausfahrt verpasst. Ihr kennt mich alle viel zu gut, oder?"

„Wer jetzt?"

„Du, Camille und Sophie." Mia schüttelte den Kopf. „Ich hätte nicht geglaubt, dass sogar meine besten Freundinnen auf dieser Geschichte herumreiten würden, aber ihr tut es doch."

„Wie hast du vorhin zu mir gesagt? Du bist meine Freundin und ich will nicht, dass du wieder enttäuscht wirst." Sie hob eine Hand. „Dass du und Niklas zueinander gehört, bezweifelt keiner außer euch beiden."

„Wir zweifeln nicht." Mia schnaubte verärgert. „Deshalb ja das Ganze. Willst du es mir jetzt schlechtreden, oder wie soll ich das verstehen?"

„Eben nicht. Du könntest einfach ein bisschen entspannter sein. Alles wird gut, das weißt du doch, oder?"

„Alles ist gut! Und jetzt hör auf, bitte."

Zunächst war es ein unangenehmes Schweigen, das sich im Auto ausbreitete. Als Mia tiefe Atemzüge von Greta hörte und sich mit einem Seitenblick vergewisserte, dass sie eingeschlafen war, schickte sie ihre Gedanken auf die Wanderschaft. Rasch stieg ihre Stimmung wieder an. Es war ein wunderschönes Kleid, das hinten im Kofferraum lag. Und auch wenn sie sich noch immer in Hosen viel wohler fühlte, freute sie sich darauf, es an ihrem Hochzeitstag zu tragen. Sie wusste, wie Niklas sie ansehen würde, wenn er sie darin sah, und das allein war es schon wert. Sie liebten sich, und ihre Liebe brauchte keine Bescheinigungen und Beweise. Sie schüttelte leicht den Kopf und ließ ihre Schultern kreisen, um die ungebetenen diffusen Gefühle wieder loszuwerden, die die Bemerkungen ihrer Brautjungfern tief in ihr losgetreten hatten. Stattdessen begann sie im Geiste eine Liste zu erstellen, welche Pflanzen sie bestellen musste. Der Advent stand vor der Tür, und sie war weder dazu gekommen, Kränze zu binden, noch Gestecke vorzubereiten. Es war ihre liebste Jahreszeit. Insofern war es nur konsequent, inmitten von Mistelzweigen und Tannennadeln zu heiraten. Die diffuse Sorge, die Greta mit ihrer lapidaren Frage zuvor in ihr ausgelöst hatte, war unnötig. Alles war gut.

Männergespräch

Mia setzte Greta vor deren Elternhaus ab, in dem sie die Dachgeschosswohnung bewohnte. Zwar wusste Mia, dass es Greta manchmal peinlich war, noch bei ihren Eltern zu wohnen, deren Lebensstil sie snobistisch fand. Aber ihr Beruf brachte nun mal kein berauschendes Gehalt ein, sodass Greta sich, um allein zu leben, entweder in eine WG hätte einmieten oder ein Einzimmerappartement hätte suchen müssen. Beides war in Aachen nicht so einfach, da wegen der Hochschule und der Studenten eine hohe Fluktuation herrschte. Wohnungen waren ständig heiß begehrt – und diejenigen, die Greta gefallen hätten, meist schon weg, bevor sie sie überhaupt besichtigen konnte. Mia sah das Ganze pragmatisch. Warum sollte ihre Freundin nicht von den Vorteilen profitieren, die sie als einziges Kind reicher Eltern hatte? Das machte sie ja nicht zu einem schlechteren Menschen.

Kurze Zeit später parkte sie vor dem Mehrfamilienhaus in Walheim, in dem sie mit Niklas wohnte. Sophie war im April aus der WG ausgezogen. Mias Eltern hatten einen kräftigen Zuschuss beigesteuert, damit sie und Niklas die Wohnung hatten kaufen können. Inzwischen hatten sie sie mit neuen Möbeln ausgestattet und eine Wand herausgebrochen, so dass ein großes Esszimmer mit Küche entstanden war. Sophie würde Augen machen, wenn sie sie vor der standesamtlichen Trauung zum ersten Mal wieder besuchte. Mia fühlte sich angenehm matt, als sie die Treppe ins erste Stockwerk hinaufging und die Tür aufschloss. Sofort hörte sie leises Stimmengemurmel aus dem Wohnzimmer.

Saß Niklas noch vor dem Fernseher? Umso besser, denn sie wollte das Brautkleid zuerst sicher in ihrer Seite des Schranks verstauen – vor Blicken durch einen Bettbezug geschützt, falls Niklas doch mal an ihren Schrank gehen sollte.

Obwohl Mia nicht abergläubisch war, fand sie es auf amüsante Art aufregend, die alten Regeln einzuhalten. So würde sie auch für die Hochzeit darauf achten, etwas Altes, etwas Neues, etwas Geliehenes und etwas Blaues zu tragen. Bis auf das blaue Strumpfband hatte sie alles zusammen. Neu war das Kleid, alt waren die Schuhe ihrer Mutter, die sie schon als kleines Mädchen geliebt hatte. Ein Wunder, dass sie noch so gut in Schuss waren, obwohl sie mit ihnen gespielt hatte, sooft sie sie in einem der Verstecke fand, die ihre Mutter sich immer wieder aufs Neue hatte einfallen lassen. Etwas Geliehenes würde sie von Camille bekommen. Sie hatte ihr die Perlenohrringe versprochen, die ihr Vater ihr vererbt hatte. Sie hatten seiner Mutter gehört und würden mit ihrer Tropfenform perfekt zum Kleid passen. Das Strumpfband wollte sie sich in Aachen in irgendeinem Shop kaufen. Das würde sicher das geringste Problem sein. Sie lachte bei der Vorstellung, wie Niklas darauf reagieren würde, wenn er all das am Hochzeitsabend auspacken durfte.

Nachdem sie mit einiger Mühe den Bettbezug über das lange Kleid gestreift und oben mit den Knöpfen fixiert hatte, schob sie ihre Winterjacken auf der Stange zur Seite, um das Kleid dort aufzuhängen. Es passte gerade so hinein.

Zufrieden legte sie die Papptasche mit dem Bolerojäckchen in das oberste Schrankfach und drehte sie so, dass man den Inhalt nicht sehen konnte, dann ging sie ins Bad, um sich frisch zu machen, bevor sie Niklas begrüßen wollte. Er würde sicher wissen wollen, wie die Shoppingtour in Metz gelaufen war. Zumal er ihr prophezeit hatte, dass sie nie und nimmer für sie alle passende Kleider finden würden. Tja, falsch gedacht. Ein Glücksgrinsen setzte sich in ihrem Gesicht fest.

Als sie die Badezimmertür öffnete und zum Wohnzimmer ging, wurde ihr etwas klar, das sie die ganze Zeit schon vage gewundert hatte: Es war gar nicht der Fernseher, aus dem die Gesprächsfetzen klangen. Niklas musste Besuch haben. Bevor sie die Tür erreichte, erkannte sie die Stimme von Falko, Niklas' bestem Freund. Erst da fiel ihr wieder ein, dass Niklas ihr erzählt hatte, Falko hätte als Trauzeuge zugesagt und wollte ein paar Tage aus München, wo er studierte, nach Aachen kommen. Gerade wollte sie durch die angelehnte Tür treten, als ein paar Worte sie innehalten ließen.

„Wenn ich nur wüsste, wie ich gegen diese Angst ankommen soll", erklang Niklas' Stimme. Er hörte sich mutlos an. Mias Atem wurde flacher. In ihrem Ohr setzte ein feines Summen ein.

„Ich glaube, du machst dir einfach zu viele Gedanken. Wir reden jetzt schon den ganzen Abend darüber, dass ihr eine großartige Zeit im Finistère hattet und selbst nicht mehr genau wisst, weshalb ihr die Hochzeit verschoben habt."

Mia schlug sich die Hand vor den Mund. Das Schrillen in ihrem Ohr glich immer mehr einer Alarmanlage. Hatte Niklas erneut Zweifel bekommen?

„Du liebst Mia, das sieht ein Blinder", sagte Falko jetzt.

„Ja, das tue ich."

Sollte sie sich zu erkennen geben, bevor noch mehr gesprochen wurde, das nicht für ihr Ohr bestimmt war? Sie atmete tief ein und aus, das Summen ließ nach. Niklas' klare Aussage, dass er sie liebte, reichte ihr. Sie pochte mit dem Fingerknöchel gegen die Tür und schob sie in derselben Bewegung auf. Die beiden saßen am Couchtisch und sprangen auf, offensichtlich überrascht, sie zu sehen. Es beruhigte Mia ein bisschen, dass Niklas keine Anzeichen eines schlechten Gewissens zeigte. Sie kannte ihn so gut! Sie konnte an seinem Mienenspiel ablesen, wie ihr Anblick seine Bedenken wieder wegwischte, die er gerade seinem besten Freund gegenüber angedeutet hatte. Sein Gesicht erstrahlte in einem freudigen Lächeln, und sie fühlte sich auch nach so vielen Jahren immer noch magisch zu ihm hingezogen. Sie warf sich in seine Arme und küsste ihn beherzt auf den Mund.

„Da bin ich wieder. Hallo, Falko." Sie löste sich aus Niklas' Armen, um den gemeinsamen Freund ebenfalls mit einer Umarmung zu begrüßen. Falko überragte Niklas mit seinen eins neunzig um einige Zentimeter. Er hatte Sport studiert und arbeitete seit ein paar Jahren an seiner Dissertation. Sie musste dem Impuls widerstehen, durch seine weizenblonden Haare zu strubbeln, die wirr in alle Richtungen standen und ihn jünger als achtundzwanzig wirken ließen. Allerdings stand der Blick aus seinen grünen Augen im Kontrast zu diesem ersten übersprudelnden und jungenhaften Eindruck. Seine Augen hatten etwas Altes und Weises. Das hatte Mia immer schon empfunden, aber sie hatte bisher nicht herausgefunden, woran das lag. Sie mochte Niklas' besten Freund und wusste, dass er für ihn der wichtigste Mensch im Leben war – gleich nach ihr natürlich. Obwohl die beiden vom Typ her sehr unterschiedlich waren, hatte ihre Freundschaft seit frühester Kindheit Bestand.

„Wie schön, dich zu sehen, Falko! Ich freue mich, dass du bei beiden Terminen dabei sein kannst. Ich glaube, Niklas hätte die Enttäuschung nicht überwinden können, wenn du abgesagt hättest."

Falkos Lachen wirkte unsicher. Er warf Niklas einen Blick zu, bevor er antwortete. Vielleicht, weil er sich darüber wunderte, wie wenig Niklas von ihrem vorherigen Gesprächsthema zu erkennen gab. Doch Mia schüttelte den Gedanken ab.

„Ich freue mich auch, das könnt ihr mir glauben. Niklas ist für mich wie der Bruder, den ich nie hatte. Ihr wisst ja, dass ich mir den Zwillingen gegenüber eine männliche Verstärkung gewünscht hätte. Aber", er griff nach seinem Bierglas und hob es in ihre Richtung, „das ist heute Abend komplett unwichtig. Wichtig ist allein die Hochzeit meines besten Freundes und seiner Liebsten. Ich trinke auf euer Wohl!" Damit leerte er das Bier in einem Zug. „Ups, da ist schon wieder zu viel Luft im Glas", sagte er und hielt es schräg vor sich. Dann machte er ein schnalzendes Geräusch mit der Zunge. „Diese Zahnputzglaserl bin ich einfach nicht mehr gewohnt. Kannst du die Luft wieder herauslassen?" Er lachte dröhnend.

„Pah, jetzt kehr nicht den Bayer heraus. Außerdem trinkst du doch so gut wie nie Alkohol." Niklas schüttelte den Kopf, griff aber nach der Kölschflasche und goss Falko den Rest ein. „Das ist gerade mal dein zweites Bier heute. Möchtest du noch eins?"

„Ja, eines noch, aber dann ist Schluss. Sonst lachen sich die Kids morgen in der Tivolihalle schlapp, wenn ich ihnen beibringen will, wie sie die Kletterwand ersteigen müssen, und selbst nicht hinaufkomme, weil ich einen Kater habe."

„Du auch eins, Mia?"

„Ja, gerne." Sie setzte sich auf den Platz neben Niklas, der aufstand und Richtung Küche ging. Falko ließ sich wieder in den gemütlichen Ohrensessel fallen.

„Na, wie war dein Tag? Habt ihr alles bekommen, was ihr braucht? Niklas sagte mir schon, dass ihr Kleider für drei Frauen kaufen wolltet. Plus das Brautkleid. Eigentlich ein Ding der Unmöglichkeit!"

Mia schlug sich die Hand vor den Mund. „Ups, da fällt mir ein, dass wir noch nicht über das Sträußchen für deinen und Niklas' Anzug gesprochen haben."

„Wie bitte?" Falko lachte sein ansteckendes Lachen. „Sträußchen?"

Niklas kam mit drei Bierflaschen und einem Glas für Mia zurück und stellte alles auf dem Tisch ab. Während er die Flaschen öffnete und allen einschenkte, erklärte er Falko die Sache mit den Traditionen. „Wir machen uns einen Spaß daraus. Wir haben ja auch nicht vor, öfter als einmal in unserem Leben zu heiraten." Er reichte Mia das Glas und sah ihr tief in die Augen, bevor er weiterredete. „Also, im August hatten wir das alles gar nicht geplant. Damals wollten wir einfach die standesamtliche Trauung und fertig. Na ja, das weißt du ja. Du hast ja die Absage bekommen."

Alle drei lachten. Mia wartete darauf, dass Niklas weitersprach. Er wirkte entspannt. Wahrscheinlich war das, was sie vorhin unfreiwillig gehört hatte, ganz normal. Schließlich schlichen sich in ihrem Kopf ja auch immer wieder Zweifel ein, mit denen sie nicht mehr gerechnet hatte.

„Deshalb also Brautjungfern. Und bevor du jetzt sagst, dass das eine amerikanische Tradition ist und keine deutsche – falsch gedacht." Er grinste. „Brautjungfern gab's hier schon im Mittelalter, sie waren damals da, um Geister zu vertreiben, die die Braut heimsuchten." Um Geister zu vertreiben, wie passend, dachte Mia. Auch wenn sie nur in ihrem Kopf existierten.

„Das war mir tatsächlich nicht klar. Man lernt nie aus ... Und die Kleider für die Mädels habt ihr also heute besorgt. Wie muss ich mir das vorstellen? Tragen sie alle das Gleiche?"

Mia kicherte. „Ja, werden sie tatsächlich. Wir hatten das gar nicht so geplant, sondern wollten eigentlich nur Kleider finden, die miteinander harmonieren.

Aber", begeistert wandte sie sich Niklas zu, „in diesem Geschäft in Metz haben wir einfach sofort das perfekte Brautjungfernkleid gefunden." Sie nippte an ihrem Glas. „Und jetzt haben alle drei das Gleiche. Es sieht großartig aus, ihr werdet es erleben. Und dazu noch die passenden Sträuße für jede von uns – es harmoniert einfach perfekt."

„Das ist klasse. Allerdings", Niklas zog die Brauen hoch, „war mir nicht klar, dass der Trauzeuge und ich ein Sträußchen brauchen werden?"

Mia winkte ab. „Das ist nur eine einzige gebundene Blume für das Revers. Hast du einen Anzug, Falko?"

„Ja. Den trage ich jedes Jahr zu diversen festlichen Sportgalas. Und für meine Promotionsfeier werde ich ihn auch brauchen."

Mia nickte zufrieden. Ein anderer Gedanke kam ihr in den Sinn, und plötzlich musste sie lachen. „Noch vor einem halben Jahr hätten wir das nicht geglaubt, oder Niklas?"

Er schnaubte. „Nein, hätten wir nicht." Er griff nach ihrer Hand und sah sie an. „Aber ich freue mich darauf."

„Bist du dir wirklich, wirklich sicher?" Bestürzt verzog sie die Lippen. Warum stellte sie ihm diese Frage? Jetzt, wo es eigentlich schon kein Zurück mehr gab. Und sie auch kein Zurück mehr wollte.

Er verstärkte den Druck seiner Hand. „Ja, ich bin bereit."

Falko trank aus, dann stand er auf. „Das ist ja kaum noch mit anzusehen. Wie schade, dass ich nicht der Bräutigam sein werde." Er zwinkerte ihnen zu. „Ich fahre dann mal nach Hause. Sehen, wie es meiner Mutter geht." Seine Miene verfinsterte sich. Er bewegte die Schultern, als wolle er das Thema abstreifen wie eine Jacke, die ihm zu klein war. „War schön, euch beide zu sehen." Er reichte zuerst Mia, dann Niklas die Hand.

„Ihr macht das alles schon richtig." Er klopfte Niklas auf die Schulter, dann verabschiedete er sich.

Sie räumten den Tisch ab und aßen ein einfaches Abendbrot, bevor sie sich fürs Bett fertig machten. Mia kuschelte sich an Niklas. „Ich liebe dich, habe ich dir das heute schon gesagt?"

„Heute Morgen." Er zog sie an sich und küsste sie.

Wie der Brauch es verlangt

Wie der Brauch es verlangte, meldete Mia sich immer wieder bei Sophie, ihrer ersten Brautjungfer, wenn sie in der Vorbereitung der Hochzeit nicht weiterwusste. Sophie wunderte sich über die Veränderung ihrer Rollen. Noch im Frühjahr war Mia ihre wichtigste moralische Stütze gewesen, immer dann, wenn sie in der turbulenten Zeit mit Yannis an ihm und an sich selbst gezweifelt hatte. Sie hatte sogar Mias Stimme im Kopf zu hören geglaubt, in Momenten, in denen sie allzu durcheinander gewesen war. Jetzt war es Mia, die mindestens alle zwei Tage nach Sophie verlangte, um Dinge zu besprechen, die mit der Weihnachtshochzeit, aber auch mit der standesamtlichen Trauung zwölf Tage davor zu tun hatten.

Sophie überwachte am letzten Novembertag die Dekorationsarbeiten in der Lebensmittelabteilung der Galeries Jouvet, die für die erste Adventswoche durchgeführt wurden. Beim Anblick der Packungen weißer und rosafarbener Baisers, die gerade in ein Regal geräumt wurden, musste sie an die Shoppingtour von letzter Woche denken. Sie hatte mit absoluter Sicherheit vorhersagen können, dass Mia niemals ein Kleid aussuchen würde, in dem sie wie ein Baiser aussah. Sophie dachte an eine Szene aus „Vier Hochzeiten und ein Todesfall", dem Lieblingsfilm ihrer Mutter, den sie selbst mindestens schon zehn Mal gesehen hatte. Darin fragte Andie MacDowell in der Rolle der Carrie, ob das Brautkleid, das sie anprobierte, sie wie ein Baiser aussehen ließ. Damals – und auch in vielen neueren Filmen – schien das der Albtraum einer jeden Braut zu sein.

Sophie musste grinsen. Erstaunlich, dass sich in Frankreich und Deutschland inzwischen wohl genau diese Mode für Hochzeiten durchgesetzt hatte. Gedankenverloren griff sie nach einer Packung, deren Inhalt zerbrochen war, öffnete sie mit einem Zwinkern zu der Verkäuferin, die sie gerade ins Regal gelegt hatte, und bot ihr davon an. Diese lächelte überrascht, dann nahm sie wie Sophie ein Stück heraus.

„Das erinnert mich immer an meine Kindheit. Ich habe Baisers als kleines Mädchen geliebt", sagte die junge Frau, bevor sie zubiss.

„Ich auch. Und heute erinnert der Anblick mich an die Hochzeit, bei der ich Trauzeugin sein werde, gleich nach Weihnachten. Wussten Sie, dass pompöse Brautkleider mit riesigen Reifröcken, viel Spitze, Steinchen und Strass gerade in sind?"

Eine Hand streckte sich zwischen Sophie und der Verkäuferin durch und griff nach einem Stück des weißen Zuckerschaums. „En effet?"

Sophie drehte sich zu Jean-Jacques Lerêve um, der in grüne Jeans, ein weißes Hemd und ein rotes Halstuch gekleidet war. Soeben schloss er die Lippen um das Stück Baiser. Seine Augen blitzten belustigt unter der perfekt frisierten Stirntolle.

„Ja." Sophie lächelte ihn an. Jean-Jacques war ihr in den Monaten, seit sie hier arbeitete und lebte, ans Herz gewachsen.

„Und wer wird heiraten?", fragte er jetzt.

„Meine beste Freundin Mia."

„Ah, du meinst diese zierliche Rothaarige?"

Sophie riss die Augen auf. „Hast du sie schon einmal gesehen?"

„Ja, letzten Donnerstag in der Rue de la Tête d'Or. Du warst in einem Schwarm gut gelaunter, lustiger Weiber unterwegs, und du und diese Rothaarige seid hervorgestochen. Ihr habt beide dieses besondere Strahlen der jungen Liebe." Er kicherte.

Sophie hielt der Verkäuferin die angebrochene Packung noch einmal hin, doch diese bedankte sich mit dem Hinweis, dass sie weiterarbeiten müsse. Sophie lenkte ihre Schritte zum Aufzug, Jean-Jacques mit sich ziehend. Sie lachte noch, als sie die Kabine betraten. Gerade wollte sie auf Jeans Bemerkung mit der jungen Liebe antworten, als das Smartphone in ihrer Westentasche vibrierte. Sie drückte ihm die Baiserbox in die Hand und ging ran.

„Hallo, Mia", sagte sie und zwinkerte ihrem Kollegen zu.

„Sophie, wir müssen reden. Wann hast du Zeit?"

„Kann ich dich gleich zurückrufen?"

„Ja, bitte, das wäre lieb."

Im dritten Stockwerk hielt der Aufzug, und Sophies Freundin Florence stieg ein. Sophie konnte einen Blick auf die Dekoration in der Kinderabteilung erhaschen. Seit der Eröffnungsfeier im Mai behielten die Galeries Jouvet die Tradition einer bewegten Miniwelt bei. Ihre Kundinnen und Kunden liebten das. Viele kamen eigens jeden Monat her, um zu sehen, welches Thema gerade dargestellt wurde. Bereits vor zwei Wochen hatte ein ganzes Geschwader an Technikern und Dekorateuren in nur einer Nachtschicht die Herbstwelt ab- und einen Weihnachtsmarkt aufgebaut. Die Bahnstrecke sowie der Tierpark waren stehen geblieben und um einen Weihnachtsmarkt und andere weihnachtliche Details ergänzt worden. Ihre kleine Weihnachtswelt war ein voller Erfolg.

Sophie wünschte Florence und Jean-Jacques guten Appetit und wählte selbst den Paternosteraufzug, um in das oberste Stockwerk zu fahren, in dem sich ihr Büro befand. Ein Blick durch die Glaselemente des Chefbüros, deren Rollos Yannis Jouvet nicht mehr heruntergelassen hatte, seit sie ein Paar waren, zeigte ihr, dass er nicht da war. Das machte aber nichts, da sie den Abend gemeinsam in der Suite des Hotels La Citadelle verbringen wollten, in der er nach wie vor wohnte. Sie hatten sich vorgenommen, eine gemeinsame Wohnung zu suchen, allerdings erst, wenn sie beide sich dazu bereit fühlten, und das war noch nicht der Fall. So wie sie es jetzt hielten, war es für sie perfekt – mal eine Nacht in Sophies kuscheligem Appartement, mal eine Nacht in seiner Suite und die Arbeitstage ohnehin weitgehend zusammen. Weder Yannis noch Sophie hatten den Drang, ihre Liebe allzu schnell durch Äußerlichkeiten wie eine gemeinsame Wohnung oder einen Zeitplan, was wann zu geschehen hatte, einzuengen. Dazu hatten sie beide zu schlechte Erfahrungen gemacht. Sie waren sich einig, dass sie ihrer Liebe Zeit zum Wachsen geben wollten.

Im Büro ließ sie sich auf ihren Schreibtischstuhl sinken, legte die Füße auf die Milchglasplatte ihres Schreibtischs und verschob dabei mit der einen Hand die Maus, um ihren PC aus dem Ruhemodus zu wecken. Dann wählte sie Mias Handynummer.

„Hallo?"

„Hallo, Mia. Was gibt es denn – Stress mit der Sitzordnung?" Die Sitzordnung war zu einem Running Gag geworden, seit Mia jede Woche berichtete, dass Niklas seine Verwandtschaft schon wieder umgruppieren musste, weil es neue thematische Tretminen zwischen den zänkisch veranlagten Cousins und Cousinen gab.

Mia prustete. „Hör mir auf! Das auch, aber ich habe mich ausgeklinkt, was das angeht. Jedenfalls verstehe ich jetzt absolut, warum Niklas nur Falko als Trauzeugen wollte. Ich würde ja darüber lachen, wenn es am Ende nicht immer so bierernst würde. Sie bekommen bei ihren Zankereien immer richtig Streit. Das Ende vom Lied ist, dass du nie genau weißt, wer gerade mit wem spricht. Na ja, wenigstens wollen seine Eltern mit ihren jeweiligen neuen Lebenspartnern zur Hochzeit kommen. Sie haben versprochen, dass sie friedlich miteinander umgehen werden."

„Das ist doch schon mal positiv. Alles wird super, du wirst sehen. Weshalb rufst du denn an?"

„Ich brauche Hilfe von meinen Brautjungfern. Wir müssen unbedingt einen Probetermin beim Friseur machen ... lach nicht!"

Sophie war tatsächlich in ein helles Lachen ausgebrochen. „Ich erkenne dich nicht wieder, Mia! Wie hat Jean-Jacques dich eben beschrieben? Du würdest vor junger Liebe strahlen."

„Dein Kollege? Der kennt mich doch gar nicht."

„Er hat uns bei unserer Tour hier in Metz gesehen. Und mit untrüglicher Sicherheit erkannt, dass du die Braut bist."

„Lustig", Mia gluckste. „Aber jetzt sag, kannst du nächstes Wochenende nach Aachen kommen? Die beiden anderen können es einrichten. Wir haben Samstagmorgen einen Termin beim Friseur meines Vertrauens."

„An dem Samstag nach Nikolaus?" Sophie dachte fieberhaft nach. Yannis musste Mitte der Woche nach Saint-Tropez zu seiner Familie. Wenn er samstags wieder zurück sein würde, könnte sie am Freitagabend losfahren. Dann brauchten die Galeries an den zwei Tagen nicht komplett auf sie beide zu verzichten, allerdings würden sie sich dann nicht sehen, leider. „Ja, das klappt. Ich wollte meinen Eltern sowieso das traditionelle Pain d'Epices schenken, dass es hier in Lothringen zu Nikolaus gibt."

„Du willst Lebkuchen mit nach Aachen bringen?" Mia lachte schallend. „Sorry, aber du weißt schon: Eulen nach Athen und so."

„Ja, aber gerade drum! Ich werde ihn nämlich selbst backen. Nach einem uralten Rezept von Florence' Familie."

„Das ist natürlich was anderes, hebt ihr mir ein Stück auf? Aber dann klappt der Neunte bei dir? Tim wird uns auch für die standesamtliche Feier beraten können."

„Ja, du kannst fest mit mir rechnen."

„Wenn wir weiterhin so oft hier essen, passt mir nach Weihnachten mein Kleid nicht mehr." Sophie nahm ein Stück Hühnchen auf die Gabel und sah Yannis strafend an. „Wir sollten öfter bei mir essen – Kleinigkeiten, Abendbrot, sowas halt."

„Unsinn, du bestellst dir doch eh immer nur Salat." Er deutete mit seiner Gabel auf ihren Teller, der unter der Mischung frischer Blattsalate, Gurken- und Tomatenscheibchen und den Streifen gegrillten Hähnchens fast nicht zu erkennen war, dann schnitt er ein Stück seines auf den Punkt gegarten Entrecôte ab und steckte es sich in den Mund. Seine Augen lächelten, während sein Mund sich beim Kauen genüsslich bewegte. Sophie liebte es, ihm beim Essen zuzusehen. Gutes Fleisch war eines der Dinge, die ihn entspannten. Er war ein Genussmensch in jeder Hinsicht. Mit hochgezogener Braue erwiderte er ihren Blick. Nachdem er runtergeschluckt hatte, leckte er sich über die Unterlippe. „Ich habe allerdings eine hervorragende Idee, um der Gefahr vorzubeugen."

„Welche Gefahr meinst du?" Sie feixte.

„Du weißt schon. Wir werden zu verhindern wissen, dass dein Brautjungfernkleid dir zu eng wird." Er machte sich einen Witz daraus, den altmodischen Begriff so oft wie möglich zu benutzen, seit er erfahren hatte, dass Sophie für ihre Freundin erste Brautjungfer sein sollte. „Es ist übrigens ein sehr schönes Kleid."

Sie spitzte die Lippen. „Danke", sagte sie schlicht. „Woran dachtest du denn? Klettern, Spinning, Zumba?"

„Nein, ich dachte mehr an etwas, das man paarweise praktizieren muss."

„Tango!" Sie klatschte in die Hände. „Woher weißt du, dass ich mir schon ewig einen Tangokurs mit dir wünsche?" Sie musste sich beherrschen, um nicht laut loszulachen.

„Ts, ts, ts, ma chère Sophie, du möchtest mich auf den Arm nehmen." Er schüttelte den Kopf.

„Aber ... das würde ich niemals schaffen." Sie lachte laut. Das Glitzern in seinen Augen ließ sie ihren Teller in Rekordgeschwindigkeit leeren. Das, was er ihr mit seinen Andeutungen versprach, wäre es auch wert, auf das Essen zu verzichten.

Am späten Abend kuschelte sie sich zufrieden in dem großen Bett an ihn, den Kopf auf seiner Schulter, und fuhr mit dem Zeigefinger die Linie seiner Brustmuskeln nach. Seine Finger streichelten ihren Oberarm. „Du hattest recht, dieser Sport ist auch nach meinem Geschmack", sagte sie.

„Mhm", brummte er. Anscheinend war er kurz vorm Einschlafen.

„Yannis?"

„Oui, chérie?"

„Ich muss nächstes Wochenende nach Aachen."

Er drehte den Kopf ein bisschen, sodass sie sich in die Augen blicken konnten. „Wirklich?" Runzelte er etwa die Stirn?

„Ja, die Brautjungfern treffen sich am Samstagmorgen. Wir müssen noch einige Dinge gemeinsam planen und wollen die Frisuren für die Hochzeit ausprobieren."

„Planen? Etwa einen Junggesellinnenabschied? Und wo wir gerade dabei sind: Gibt es auch einen für die Jungs, mit dem Bräutigam? Ich kenne Mia und Niklas noch gar nicht. Treffe ich die beiden vor der Hochzeit?"

Sophie lachte. „Wie viele Fragen waren das, drei oder vier? Also: Junggesellenabschied gibt es weder für Männer noch für Frauen. Einen Polterabend haben die beiden nämlich im Sommer schon gemacht. Ich war dort, du warst an dem Tag auf Geschäftsreise, sonst hättest du sie schon kennengelernt. Und zweitens: Du wirst beide bei der standesamtlichen Trauung kennenlernen, weil ich doch die Trauzeugin bin. Schon vergessen?“

„Stimmt ja. Wann ist die noch mal?“

„Morgen in zwei Wochen, am Freitagvormittag. Das ist der Fünfzehnte.“

Yannis schob sie ein Stück von sich und setzte sich auf. Sie tat es ihm gleich und legte die Hand auf seinen Bauch. Er seufzte. „Das bringt ein paar meiner Pläne durcheinander. Wenn du nächstes Wochenende weg bist und am darauffolgenden wir beide ...“ Er verzog den Mund.

„Gibt es Probleme?“ Sein Verhalten erinnerte sie an die Zeit, in der er sich so widersprüchlich verhalten hatte, dass sie sich nicht sicher gewesen war, ob sie sich die Anziehung zwischen ihnen nur einbildete. „Yannis, rede mit mir. Wir wollten uns doch nichts mehr verheimlichen ...“

„Nein, keine Probleme. Ich hatte nur fest damit gerechnet, dass du am kommenden Wochenende da bist. Das durchkreuzt meine Pläne.“

„Welche meinst du?“

Er wischte mit der Hand durch die Luft. „Nicht wichtig. Es lässt sich ja nicht ändern.“

Sie sah ihn fragend an. Warum war ihm das so wichtig? Bevor sie sich jedoch äußern konnte, ließ er seinen Blick ihren Hals hinuntergleiten und lächelte. „Mir wird kalt. Ich denke, wir sollten uns noch ein bisschen bewegen.“ Damit beugte er sich über sie und hauchte

ihr ein Küsschen aufs Schlüsselbein. Sein Ablenkungsmanöver funktionierte vorzüglich.

White Christmas

Camille summte „White Christmas" mit, das Pentatonix gerade auf ihrer Weihnachts-CD anstimmten. Sie war in Belgien auf der E42 unterwegs. Als hätte da oben im Himmel jemand auf den Liedtext geachtet, wirbelten die ersten zarten Schneeflocken herab und wurden rasch dichter. Sosehr sie den Schnee liebte – auf ihrem Weg nach Aachen hätte sie lieber darauf verzichtet. Zwar hatte sie ihren Smart rechtzeitig für den Winter fit gemacht, aber bei dieser Witterung fuhr sie nicht gern mit dem Auto, schon gar nicht längere Strecken wie die von Saarbrücken nach Aachen. Aber ihre Cousine hatte nicht mit sich reden lassen, als sie sie für diesen Samstag zu sich beordert hatte.

Camille hatte einen stressigen Vormittag hinter sich. In der Stadtapotheke war am Wochenende immer viel los, und gerade im Advent wurden nicht nur die Menschen da draußen, sondern auch die Mitarbeiterinnen scharenweise krank. Da Camille schon für die beiden Trauungstermine in zähen Verhandlungen zusätzliche freie Tage hatte herausholen müssen, war es unmöglich gewesen, diesen Samstag auch noch zu tauschen. Sie atmete tief durch. Nach der Arbeit hatte sie ihren Theaterfreundinnen absagen müssen, die sich zu einer spontanen Zusatzprobe heute Nachmittag entschlossen hatten. Der Sketch, den sie übermorgen bei der Lehrerweihnachtsfeier des Deutsch-Französischen Gymnasiums aufführen wollten, saß zwar längst, aber die Leiterin der kleinen Laiengruppe war selbst Lehrerin an dieser Schule und hatte panische Angst davor, sich vor den Kollegen und Kolleginnen zu blamieren.

Natürlich plagte Camille prompt das schlechte Gewissen, weil sie ihren saarländischen und französischen Freundinnen hatte absagen müssen, aber dann würde in dieser Probe eben jemand für sie einspringen müssen. Mia hatte letzten Freitag am Telefon erklärt, der Termin sei nicht verhandelbar. Obwohl Camilles eigene Haarpracht mit ihrer Widerspenstigkeit nicht viele Variationsmöglichkeiten bot, bestand Mia darauf, dass sie sie sich an diesem Samstagnachmittag noch einmal bei ihr zuhause trafen.

Die Autos vor ihr bremsten und Camille kam langsam zum Stehen. Meine Güte, da vorn stand schon wieder ein PKW quer. Anscheinend hatte er noch keine Winterreifen drauf und war dem frischen Schnee mit seinen Sommerreifen hilflos ausgeliefert. Wenigstens schienen die Menschen gut gelaunt zu sein. Aus den beiden Autos dahinter stiegen drei junge Männer aus, die den Wagen auf den Seitenstreifen schoben. Wahrscheinlich tat der Fahrer das einzig Richtige und wartete, bis die Straße vom Neuschnee freigeräumt wurde. Oder er rief den Abschleppdienst. Im Schritttempo ging es weiter. Dann lief es wieder etwas flüssiger. Die meisten fuhren angepasst, sodass sich Tempo fünfzig einigermaßen gut einhalten ließ.

Pentatonix träumten bereits zum zweiten Mal von weißen Weihnachten, als Camille sich eingestand, dass sie ein Klo brauchte, und zwar dringend. Sie nahm die Ausfahrt und programmierte ihr Navi darauf, ihr die nächstgelegene Tankstelle zu berechnen, weil sie auch tanken sollte, wenn sie nicht riskieren wollte, die Weiterfahrt noch ein zweites Mal unterbrechen zu müssen. Bisher hatte sie sicher schon eine halbe Stunde an die weiße Zauberpracht verloren. Ihr Navi leitete sie wie gewünscht zur nächsten Tankstelle, und sie fuhr zu einer freien Tanksäule. Na prima, Selbstbedienung mit Kartenzahlung. Wo sollte sie die Karte einstecken? Die

Anleitung auf dem Gerät war so klein geschrieben, das konnte doch kein Mensch lesen. Ärgerlich grummelte sie vor sich hin.

„War ja klar", murmelte sie. Ihre Wangen und die Nasenspitze begannen zu frieren. Entnervt beschloss sie, das Tanken zu lassen und stattdessen nur die Toilette aufzusuchen. Wer wusste schon, was ihr sonst vom Konto abgebucht wurde.

„Kann ich Ihnen helfen?", hörte sie eine Männerstimme und drehte sich um. Zwei Männer hatten sich auf sie zubewegt, einer davon trug einen Arbeitsanzug und schien zur Tankstelle zu gehören. Aber er stand weiter weg. Derjenige, der sie in akzentfreiem Deutsch angesprochen hatte, stand dicht bei ihr. Er musste zu dem Mercedes gehören, der an der Tanksäule neben ihr parkte. Aachener Kennzeichen.

Sie sah ihn an und kämpfte den Impuls, auf männliche Hilfe zu verzichten, nieder. Eigentlich sah er nett aus mit seinen braunen Augen, den etwas zu langen Haaren und den Hamsterbäckchen. Sein Lächeln vertiefte sich, und aus seinem Blick leuchtete ihr Bewunderung entgegen, die unwillkürlich ein kleines Kribbeln in ihrem Bauch auslöste. Er hatte wirklich außergewöhnlich warme braune Augen, die keinen Zweifel daran ließen, dass sie ihm auf Anhieb gefiel.

„Ja, können Sie. Vielleicht. Wissen Sie, wie das mit der Kartenzahlung funktioniert?"

„Ich habe es gerade herausgefunden. Geben Sie mal her."

Sie zögerte, dann reichte sie ihm ihre Karte, die er in den Schlitz schob.

„Welches Benzin nehmen Sie?"

„Normal."

Er füllte ihren Tank und bat sie anschließend, ihre PIN einzutippen. Als der Vorgang beendet war, nahm sie ihre Karte wieder an sich. „Danke, das war nett von Ihnen.“

„Keine Ursache.“ Er lächelte und sah sie an, als wartete er noch auf etwas. Er hatte wirklich ein sympathisches Gesicht. Der Mann mochte um die vierzig sein, war ungefähr so groß wie sie selbst und sah in seiner gefütterten Winterjacke wie ein Teddybär aus. Seine Art zu lächeln erinnerte sie an Urlaubsflirts am Meer. Er strahlte eine gewisse Gelassenheit aus, die sie mochte, zusammen mit einem natürlichen Selbstbewusstsein.

„Ich bin etwas in Eile. Muss noch rasch zur Toilette.“

Er deutete auf ein kleines Café neben der Tankstelle. „Dort ist es sauberer als hier. Vielleicht haben Sie noch Zeit für eine Tasse Kaffee?“

Camille sah auf ihre Armbanduhr. Halb drei durch. Sie hatte noch zu ihren Großeltern in Hahn gewollt, bevor sie zu Mias Wohnung fuhr, um die Mädels zu treffen. Aber jetzt war sie ohnehin schon später dran als vorgesehen, für einen schnellen Kaffeeklatsch mit Oma und Opa war keine Zeit mehr. Sie sah ihrem Gegenüber in die Augen und legte den Kopf schief. Kurzentschlossen nickte sie. „Ja, ein Kaffee wird gehen.“

Sie parkten ihre Autos beim Café, stiegen aus und traten ein. Nachdem sie die Toilette aufgesucht hatte, setzten sie sich an einen Tisch vor dem Fenster und bestellten einen Milchkaffee und einen Espresso.

„Fahren Sie nach Aachen, Camille?“, fragte der Fremde, als sie ihren ersten Schluck Kaffee trank.

„Woher kennen Sie meinen Namen?“ Sie zog die Arme aus ihrer Jacke, ließ sie mit der Kapuze nach hinten über die Lehne rutschen und legte ihren Schal ab. Der Mann hatte seine Jacke ebenfalls ausgezogen und über die Rückenlehne seines Stuhls gehängt. Sie revidierte ihre Alterseinschätzung. Er mochte eher Mitte vierzig sein. Unter dem Wollpullover rundete sich ein kleiner Bauchansatz. Ihre Wahrnehmung wurde jedoch durch sein Lächeln sofort wieder auf sein Gesicht gelenkt. Diesmal erkannte sie etwas Erfahrenes und Weltmännisches darin – und eine Art selbstverständlicher Eigenliebe, die man nur bei Menschen fand, die genau wussten oder zu wissen glaubten, wo sie standen und was sie zu leisten imstande waren. Männliches Selbstbewusstsein eben, obwohl er sicher kein Adonis war.

„Sie haben mir Ihre Kreditkarte anvertraut.“

„Ach so, ja.“

„Und? Ist Aachen Ihr Ziel?“

Sie nickte. „Ich treffe mich mit ein paar Freundinnen. Außerdem habe ich Verwandtschaft dort.“

„Ah, dann sind Sie öfter dort?“ Mit seinen Augen sagte er deutlich, dass er es gut fände, wenn sie öfter in Aachen war. Ein Gefühl regte sich in ihr, das sie längere Zeit nicht mehr gehabt hatte. Sie griff mit der Hand in ihren Nacken und sprach, während sie eine Locke entwirrte.

„Früher ja, heute nicht mehr so oft. Aber“, sie nahm die Hand herunter und zupfte am Ausschnitt ihres Wollkleids, „das ließe sich ändern.“ Innerlich musste sie lachen. Ließ sie sich gerade auf einen Flirt ein? Wie erwartet folgte sein Blick der Bewegung ihrer Hand und blieb einen winzigen Moment an ihrer Oberweite hängen, die unter dem Kleid verborgen, aber nicht versteckt war. Dieses Spiel machte ihr zwar Spaß, allerdings setzte sich ihr innerer Wachhund sofort aufrecht hin, und dem konnte sie für gewöhnlich vertrauen. Aber sie hatte ohnehin nicht vor, eine neue Beziehung in Betracht zu ziehen. Ein kleiner Flirt, sonst nichts.

Sie sah, dass er auf ihre Signale ansprang – und dass er sehr wohl wusste, was sie da tat. Sie musste den Impuls zu einem belustigten Kopfschütteln unterdrücken. Diese Camille war schon sehr lange nicht mehr aktiv gewesen. Eigenartig, dass sie gerade jetzt wieder hervorkam. Vielleicht, weil die bevorstehende Weihnachtshochzeit Emotionen in ihr weckte? Dazu der Schneefall und die romantische Musik überall. Aber spielte es eine Rolle? Nein, entschied sie. Nur ein Flirt. Sie würde den Mann nicht mal nach seinem Namen fragen. Außerdem sah auch er nicht wie jemand aus, der nach einer Beziehung suchte.

Sie blickte auf die Uhr. „So, nun wird es Zeit, ich muss los. Man erwartet mich bereits." Damit hob sie ihre Tasse an den Mund.

„Verraten Sie mir noch, ob Sie französische Wurzeln haben?"

„Nein, die habe ich nicht. Meine Eltern lieben Frankreich, daher der Vorname." Sie trank den letzten Schluck.

„Sie haben etwas Französisches an sich", meinte er, ihre ungebändigten Haare betrachtend. „Nicht nur wegen Ihres Namens."

Sie lächelte. „Das nehme ich als Kompliment, merci." Damit schob sie die Hände wieder durch die Ärmel ihres Dufflecoats und legte sich den warmen Loop um den Hals. „Und Sie wirken irgendwie südländisch", sagte sie. Er nickte zufrieden, doch bevor er antworten konnte, sprach sie weiter. „Seien Sie mir nicht böse, wenn ich jetzt einfach so gehe, aber ich habe es wirklich eilig, und der Schneefall wird nicht weniger."

„Geben Sie auf sich acht, Camille." Er nickte zur Verabschiedung, und sie meinte, seinen Blick noch auf sich zu spüren, als sie das Café durch die Eingangstür verließ.

Verflixt, der Schneefall nahm weiter zu. Aber immerhin verringerte sich die Zahl der Autos auf der Autobahn. Und zum Glück war es jetzt nicht mehr weit. Trotzdem hatte sich eine latente Nervosität in Camilles Schultern festgesetzt, wo sie sich als eine schmerzhafte

Verspannung bemerkbar machte. Bei der Ausfahrt Aachen-Lichtenbusch geschah es dann: Entweder fuhr sie doch etwas zu schnell oder es gab eine Eisfläche unter dem Schnee, die sie nicht gesehen hatte. Ihr Smart brach aus, nachdem sie die Kurve fast hinter sich hatte. Noch ehe sie es wahrgenommen hatte, drehte sie sich um sich selbst, um mit einem heftigen Ruck am äußersten Rand der Straße stehenzubleiben, die Schnauze in entgegengesetzter Richtung zur Fahrbahn.

Camilles Herzschlag raste, ihr Körper war voller Adrenalin. Mit zitternden Knien stieg sie aus und betrachtete alle Reifen. Es war eine Art Mulde im schneebedeckten Gras neben dem Fahrbahnrand, die sie ausgebremst hatte. Glück gehabt! Rasch stieg sie wieder ein. Mit schweißnassen, zitternden Fingern schaltete sie den Warnblinker an, startete den Smart und legte den ersten Gang ein. Vorsichtig gab sie Gas und ließ die Kupplung kommen. Das Auto schwankte ein bisschen, dann drehten die Reifen durch. Sie gab Vollgas, aber das ESP schaltete sich ein und tat irgendwas mit dem Motor – sie hatte nie begriffen, wofür es wirklich gut war. Jedenfalls bewegte sich das Auto nicht vom Fleck, stattdessen schienen sich die Räder tiefer einzugraben.

Tränen der Wut schossen ihr in die Augen. „Mist, Mist, Mist!" Sie schlug mit der Hand auf das Lenkrad.

Wie sollte sie jetzt hier wegkommen? So kurz vorm Ziel! Inzwischen herrschte auf den Straßen so wenig Verkehr, dass nach ihr noch kein weiteres Auto diese Ausfahrt genommen hatte. Das kleine Waldstück, um das die Kurve verlief, versperrte ihr die Sicht auf die Autobahn. Wenigstens würde niemand, der hier entlangfuhr, rasen.

Sie stieg aus und zog ihr Smartphone aus der Tasche, um die Nummer des ADAC zu suchen. Sicherheitshalber stapfte sie durch den Schnee einige Meter in das Gelände, dann zog sie die Kapuze ihrer Jacke über den

Kopf. Bevor sie die Nummer im Telefonbuch gefunden hatte, sah sie die Lichter eines sich nähernden PKWs. Dann erkannte sie den weinroten Mercedes mit dem Aachener Kennzeichen wieder. Er fuhr an ihrem Smart vorbei und blieb dahinter stehen, ebenfalls mit eingeschaltetem Warnblinker. Der Fahrer stieg aus. Seine unverkennbare Gestalt in der dicken Winterjacke bewegte sich auf sie zu.

„Was ist passiert?"

Noch nie hatte sie sich mehr über die Gegenwart eines Mannes gefreut. Bestimmt konnte er ihr helfen. Vielleicht brauchte sie den ADAC gar nicht und würde es schaffen, doch noch einigermaßen rechtzeitig an ihrem Ziel anzukommen. „Ich habe mich gedreht. Ich glaube, mit dem Auto ist alles okay, aber die Räder haben sich im Schnee und im Matsch darunter festgefahren, ich komme nicht mehr weg."

„Das kriegen wir hin", erklärte er, und sie hätte ihn küssen mögen. Er stapfte zu seinem Wagen, öffnete die Beifahrertür und zog die beiden vorderen Fußmatten heraus. „Front- oder Heckantrieb?", fragte er.

Das wusste sie immerhin. „Heckantrieb."

Er ging zu ihrem Smart und legte vor jeden Hinterreifen eine Fußmatte aus geripptem Gummi. „Jetzt schalten Sie das ESP ab", riet er.

Sie zog eine Grimasse. „Ähm …"

Er winkte ab. „Lassen Sie es uns einfach probieren. Könnte auch so klappen. Der Motor ist ja hinten, oder?" Als sie nickte, setzte er sich kurzerhand hinter das Steuer, startete den Wagen und gab vorsichtig Gas. Die Reifen drehten durch und bekamen die Matten nicht zu fassen. Sie gab ihm ein Zeichen, er hörte auf und stieg aus.

„Die Räder drehen durch", erklärte sie. „Können wir die Matten noch dichter dranlegen, damit sie sie zu greifen bekommen?" Schon wollte sie zur Beifahrerseite gehen, um ihren Gedanken umzusetzen.

„Warten Sie, Camille, das mache ich." Er sah auf seine Jeanshose, dann zu ihren Beinen in Strumpfhose und Stiefeln. „Meine Jeans ist schon alt." Er zupfte am Saum der Jacke. „Und die hier auch. Machen Sie bloß langsam, damit Sie mich sehen, ja?"

Sie strahlte ihn an und nickte. „Danke", flüsterte sie, bevor sie wieder in das Auto stieg. Er blieb auf der Fahrerseite, ging neben ihr in die Hocke und hielt die Fußmatte fest, als sie vorsichtig wieder Gas gab. Sie spürte, dass die Reifen Grip bekamen, und er warf sich sofort zur Seite in den Schnee, während sie ein kleines Stück vor- und dann vorsichtig in einer langsamen Kurve richtig herum auf die Fahrbahn fuhr. Sie blieb stehen und fuhr das Fenster nach unten. Er hatte sich wieder aufgerappelt, kam zu ihr und klopfte sich dabei den Schnee von den Klamotten. Er wirkte stolz wie ein kleiner Junge, als er sich zu ihr herunterbeugte.

„Geschafft!" Er strahlte.

„Das war heroisch!" Sie streckte den Arm aus und zog ihn näher zu sich, um einen Kuss neben seine Wange in die Luft zu hauchen. Sofort ließ sie ihn wieder los. Sie fühlte sich euphorisch. „Danke!" Sie warf einen raschen Blick in den Rückspiegel. „Es ist gefährlich, hier zu stehen, ich muss die Straße freimachen."

Er klopfte auf den Rand der heruntergefahrenen Scheibe. „Sie haben recht. Gern geschehen."

Camille trat die Kupplung und legte den ersten Gang ein.

„Halt, sagen Sie mir Ihre Telefonnummer!"

Sie nannte ihm die Ziffernfolge, sagte noch einmal Danke und schenkte ihm ihr breitestes Lächeln. Dann fuhr sie los. Zunächst folgte er ihr, doch nach der ersten roten Ampel verlor sie ihn aus den Augen. Erst als sie nach Kornelimünster kam, fiel ihr ein, dass sie noch

immer nicht seinen Namen kannte. Aber wenn er ein
gutes Gedächtnis hatte, würde er sich vielleicht melden.

Weihnachtsduft in jedem Raum

Sogar im Friseursalon duftete es nach Zimt. Sophie hatte in diesem Advent die exklusive Möglichkeit, den Metzer und den Aachener Weihnachtsmarkt bis zur Erschöpfung zu genießen. Sie fühlte sich fast ein bisschen schwindelig von all den Gerüchen, die sie Tag für Tag von morgens bis abends umgaben. Dass es sogar jetzt, zwischen Haarfarbe, Shampoo und Spülung, so intensiv nach Printen roch, wurde ihr fast ein bisschen zu viel. Sie war mit ihrer Probefrisur für die kirchliche Hochzeit als Erste dran. Tim, den Mia als Friseur ihres Vertrauens bezeichnete, hatte ihr dichtes schulterlanges Haar mit einem Lockenstab bearbeitet, dann in einem lockeren Knoten am Hinterkopf zusammengesteckt und am Haaransatz zarte Strähnchen herausgezupft. Das kunstvolle Gebilde verzierte er zusätzlich mit Perlen. Für die gesamte Prozedur hatte er nicht länger als zwanzig Minuten gebraucht. Sophie war von dem Ergebnis begeistert, als sie es im Spiegel bewunderte, während Tim ihr auch ihre Rückansicht zeigte.

„So, und jetzt möchte ich diese Pracht auch gleich wieder zerstören, wenn ich darf …?"

„Ähm … ja." Sophie warf einen Blick auf den Nachbarplatz, an dem eine Friseurin mit Mias Haaren beschäftigt war. Diese wünschte sich für die Hochzeit eine aufwändige Flechtfrisur. Sie hatte sehr genaue Vorstellungen und redete der Friseurin ständig dazwischen. Ein Bild von Daenerys Targaryen, einer Figur der Serie Game of Thrones, klemmte im Spiegel. Als Mia Sophies Seitenblick bemerkte, lachte sie.

„Wenn Tim das sagt, ist es schon richtig." Mia drehte sich zu ihm, die Friseurin musste mit der Bewegung mitgehen, um das Zöpfchen nicht aus den Händen zu lassen, das sie gerade am Hinterkopf feststecken wollte. „Ihm kannst du vertrauen."

„Ich rate dir dringend zu einem Korrekturschnitt", sagte dieser und blickte Sophie im Spiegel an. „Diesen Schmuck packen wir in ein Tütchen, damit du zur Hochzeit alles parat hast." Er löste bereits die Nadeln aus dem Knoten, dabei redete er weiter. „Deine Haare sind gesund, aber der Schnitt ist komplett herausgewachsen. Wenn wir sie nachschneiden, hast du nächsten Freitag keine Probleme, sie für die Trauung im Rathaus zu frisieren."

„Okay", sagte Sophie zögernd. Offenbar war Tim genau über die Abläufe informiert. Aber kein Wunder, Mia war schließlich Stammkundin in seinem Salon.

In diesem Moment klingelte das Glöckchen an der Tür. „Ich bin zu spät dran, sorry", erklang Gretas volle Stimme. Sie kam nach hinten und begrüßte Sophie und Mia mit Küsschen auf die Wangen. „Das sieht toll aus", sie deutete auf Sophies halb aufgelösten Knoten. „Bekomme ich auch so eine Frisur?"

„So ähnlich", bestätigte Mia. „Bei deiner Länge machen wir einen Chignon. Nur bei Camilles Haaren werden wir noch schauen müssen, was wir machen. Sie kann leider erst heute Nachmittag zu uns kommen."

„Christina kann sich gleich um Gretas Haare kümmern, während ich Sophies Haare schneide", erklärte Tim. „Setz dich doch schon auf diesen Frisierstuhl. Möchtest du einen Kaffee, Greta?"

Eine Stunde später wanderten Greta, Mia und Sophie zum Weihnachtsmarkt. Mia hatte sich eine Wollmütze über das Kunstwerk auf ihrem Kopf gezogen. Darunter hingen ihre roten Haare in großzügigen Locken bis auf den Rücken. Sie fühlte sich hoffnungslos overdressed, hatte sie lachend erklärt, und sich die Mütze übergestülpt. Und auch Greta hatte ihre Banane und den Schmuck wieder gelöst, als sie den Salon verlassen hatten – aus den gleichen Gründen.

Am Eingang des Markts blieb Sophie stehen und blickte nach oben zu den riesigen Lebkuchenmännern, die das Schild mit dem Schriftzug Aachener Weihnachtsmarkt flankierten. „Dies ist das erste Jahr, in dem ich nicht jeden Tag nach der Arbeit noch eine kleine Runde hier entlang machen kann." Eine Schneeflocke trudelte ihr entgegen und landete auf ihrer Nase. Gleich darauf folgten weitere. Sie lachte. „Mia, jetzt gibt es sogar Schnee! Weiße Weihnachten und eine weiße Hochzeit, ist das nicht schön?"

Mia hakte sich bei ihr unter. „Falls der Schnee liegenbleibt."

Greta hängte sich auf Sophies anderer Seite ein. „Was wollen wir essen? Ich habe schon den ganzen Morgen Lust auf was Herzhaftes." Fast ohne hinzusehen, lotste sie die Gruppe in eine bestimmte Richtung. „Hmm, riecht ihr das? Frische Reibekuchen! Das ist jetzt genau das Richtige für mich. Mit Apfelmus. Ich brauch was für die Nerven."

Sophie nahm ebenfalls eine Portion der Kartoffelküchlein, Mia entschied sich für eine Dampfnudel. Sie fanden einen Stehtisch unter einem Schirm. Der Schneefall wurde dichter. Sophie zog ihre Mütze aus der Umhängetasche und setzte sie auf, bevor sie sich ans Essen machte.

„Hm, ist das lecker. Sowas gehört für mich zum Aachener Weihnachtsmarkt dazu. Aber sag mal", Mia sah Greta an, „warum brauchst du was für die Nerven?"

Greta verzog den Mund, dann legte sie das Stück Reibekuchen zurück auf den Pappteller und leckte Daumen und Zeigefinger ab. „Na ja, Carlo dreht ein bisschen am Rad."

„Du meinst deinen Freund?", hakte Sophie nach. Sie erinnerte sich, dass Greta im April mit einem Arzt angebandelt hatte. Mia hatte ihr die Geschichte erzählt ... und dazu gesagt, dass ihr irgendetwas an dem Typen nicht behagte.

„Genau." Greta hielt inne. Anscheinend lauschte sie einen Moment auf Last Christmas, das blechern aus der Reibekuchenbude heraus erklang. „Ach, das ist das Lied, bei dem ich mich letztes Jahr um diese Zeit in ihn verliebt habe."

Mia stemmte die Fäuste in die Hüften. „Letztes Jahr schon? Ich dachte, ihr wärt im Frühjahr erst zusammengekommen. Sagtest du nicht was von acht Monaten?" Sie verstummte. Hinter ihrer Stirn schien es zu arbeiten, als würde sie eine Rechenaufgabe lösen. Greta beobachtete sie einen Moment, dann sprach sie schnell zu Sophie weiter.

„Stimmt, ja, ich bin mit Carlo zusammengekommen, bevor du nach Metz gegangen bist. Jedenfalls steht er kurz vor der Scheidung." Sie warf einen Seitenblick auf Mia. „Bestimmt hat Mia dir davon erzählt?"

Sophie schüttelte den Kopf.

„Also, er lässt sich scheiden. Eigentlich ist das super. Wobei ...", sie verzog wieder den Mund. „Das soll jetzt nicht heißen, dass ich ihn heiraten werde – jedenfalls habe ich das im Moment nicht vor. Aber ich liebe ihn. Bloß ist es gerade sehr chaotisch." Sie griff nach ihrem Kartoffelpuffer, stippte ihn in das Apfelmus und biss hinein. Kauend rollte sie mit den Augen. Sophie unterdrückte ein Schmunzeln bei ihrem Anblick.

„Was genau ist chaotisch?", wollte Mia wissen.

„Ach, alles. Er und seine Noch-Ehefrau lösen ihre Wohnung auf und streiten sich darum, wer was mitnimmt. Dauernd meldet Monika sich bei ihm, weil sie noch Dinge mit ihm zu besprechen hat."

„Verstehe", murmelte Sophie, „so eine Art Rosenkrieg?"

Greta blies die Wangen auf. „Nicht mal! Seine Frau ist total cool. Bloß er kann sich nicht entscheiden. Will er lieber das weiße Geschirr behalten oder doch das mit den Blumen? Ist ihm die Wohnzimmereinrichtung wichtiger oder die des Schlafzimmers? Wer hat eigentlich die Chaiselongue angeschafft?" Sie kicherte. „Die hätte jedenfalls bestimmt so manche Geschichte zu erzählen, wenn ihr wisst, was ich meine. Ziemlich cooles Möbelstück – und sehr entgegenkommend." Versonnen sah sie den herabschwebenden Schneeflocken nach. „Na ja, ist ja auch französisch, nicht? Chaiselongue?"

Bei Gretas Worten warf Mia Sophie einen entgeisterten Blick zu, dann verzog sie den Mund, als hätte sie sich verbrannt. „Da geht mal wieder deine Fantasie mit dir durch." Ein übermütiges Lächeln schlich sich in ihre Augenwinkel.

„Von wegen Fantasie ..." Greta tat entrüstet.

„Pfff", machte Sophie. „Na ja, diese Phase wird vorbeigehen."

Greta warf ihren Kopf in den Nacken und lachte schallend. Die Vorübergehenden sahen zu den drei Freundinnen herüber, ihre Blicke blieben an der großen Blonden hängen.

„Lasst uns das Thema wechseln. Wir sind ja hier, um die Traumhochzeit unserer besten Freundin vorzubereiten, nicht wahr? Da wollen wir uns doch nicht mit den Problemchen meines eigensinnigen Liebsten belasten. Unter uns gesagt neigt er auch ein bisschen dazu, zu übertreiben." Sie schob entschlossen das Kinn vor. „Was wolltest du denn noch mit uns besprechen, Mia? Gibt's Probleme mit dem Blumenschmuck?"

Mia grinste. „Nein. Die Floristik läuft. Amaryllis, Christrosen und cremefarbene Rosen sind bestellt.

Herr Kurtz kümmert sich um alles. Er stattet oft Hochzeitsfeiern aus."

„Brauchst du noch Unterstützung bei der Menüwahl?", fragte Sophie. Sie beide hatten in den letzten Tagen eigens wegen der Hotelbuchungen der Gäste und wegen der Speisenfolge mehrere Male miteinander telefoniert. Viele Gerichte, die auf der Menükarte des Magasin aux Vivres, dem zum Hotel gehörenden Restaurant, standen, kannten Sophie und Yannis, und so hatten sie dem Brautpaar bei der Auswahl zahlreiche Tipps geben können.

„Nein, das Menü steht auch fest."

„Wobei sollen wir dir dann noch helfen?"

„Wir warten noch auf Camille." Mia sah auf ihre Armbanduhr. „Sie wird bald da sein. Wir können uns schon auf den Weg nach Hause machen." Sie nahm mit dem Löffel den Rest der Vanillesoße auf, leckte ihn ab und warf den leeren Pappteller in die Mülltonne. „Dann gehen wir den Ablauf der Hochzeitsfeier noch mal durch. Niklas und ich haben eine schöne Idee, die wir mit euch besprechen wollen."

Für jeden was dabei

Das Schneetreiben ließ plötzlich nach. Camille lachte kopfschüttelnd. Jetzt, wo sie es geschafft hatte und endlich da war! Sie rollte langsam durch die In-den-Hehnen-Straße und versuchte, einen Parkplatz vor dem Haus zu finden, in dem Mia wohnte, aber das war aussichtslos. Kurz entschlossen fuhr sie weiter Richtung Ortsausgang und parkte schließlich vor dem Haus ihrer Großeltern, wo sie heute übernachten würde. Vor zehn Minuten hatte sie mit ihrer Oma telefoniert und ihr gesagt, dass sie erst am Abend kommen konnte. Nun hoffte sie, unbemerkt die kurze Strecke zu Mias Haus hinter sich bringen zu können. Sie fühlte sich ein bisschen wie ein Dieb, der um die Häuser schlich, als sie den Smart ausschaltete, ausstieg und sich rasch auf den Weg machte, hoffend, dass weder die Großeltern noch Mias Eltern, die ebenfalls hier wohnten, sie sahen und aufhielten. Der Schnee war natürlich noch nicht weggeräumt, aber vor den meisten Häusern in der Hahner Straße hantierten die Männer und Frauen mit Schneeschippen. Keiner von ihnen wirkte mürrisch dabei. Wahrscheinlich, weil es der erste Schnee in diesem Winter war. Camille war dankbar für ihre warmen Stiefel, die sie heute unter das Kleid gezogen hatte, als hätte sie es schon geahnt. Sie schloss die Knebelverschlüsse ihres petrolfarbenen Dufflecoats.

Sie genoss es, noch eine Weile durch die frische Luft zu stapfen und den Kopf zu leeren. Viele der Leute hier erkannte sie wieder, weil sie und Julien als Kinder in den Herbstferien oft bei den Großeltern gewesen waren. Aber sie selbst hatte sich so sehr verändert, dass die

Nachbarn in der kurvigen jungen Frau offenbar nicht das magere Mädchen mit dem wilden dunklen Lockenschopf erkannten. Zudem hatte sie ihre verräterischen Haare komplett unter die buntgestreifte Häkelbeanie gestopft. Endlich fiel auch die Aufregung wegen ihrer kleinen Autopanne von ihr ab. Insgeheim hoffte sie, dass ihr charmanter Retter mit dem Glitzern in den Augenwinkeln sich melden würde. Aber falls nicht – sie schlenkerte beim Gehen mit den Armen und sog tief die frische Winterluft ein –, falls nicht, dann sollte es ihr auch recht sein. Hatte sie sich nicht entschieden, dass es nur ein kleiner Flirt sein sollte? Camille bog nach rechts in die Schleidener Straße. In wenigen Minuten würde sie das Haus, in dem Mia und Niklas wohnten, erreichen. Alles in allem war sie nur eine halbe Stunde später dran, als sie Mia angekündigt hatte. In Anbetracht der Umstände fand sie das eine tolle Leistung. Schon sah sie Mias Auto am Straßenrand, an dem sie vorhin auf der Suche nach einem Parkplatz vorbeigefahren war. Mit einem warmen Gefühl in der Brust wurde ihr klar, wie sehr sie sich darauf freute, die drei Freundinnen wiederzusehen. Sie zog ihre Handschuhe aus und drückte auf die Klingel.

Zehn Minuten später saß sie mit Greta und Sophie am großen Esstisch, während Niklas an der Kochinsel einen alkoholfreien Weihnachtspunsch zubereitete und Mia mehrere Sorten Printen auf einem Teller anordnete. Camille bewunderte die weihnachtlichen Gestecke mit Tannenzapfen, weißen Blumen und Engelchen, die Mia selbst gemacht und in der Wohnung verteilt hatte. Camille grinste, dann ließ sie die Blicke weiter schweifen. Wo der große Holztisch stand, war früher eine Wand gewesen.

„Eure Wohnung sieht jetzt viel größer aus", sagte sie zu Mia, die zwei Weihnachtsteller mit Lebkuchen und

Gebäck auf den Tisch stellte und sich dann zu ihnen setzte.

„Ja", bestätigte Sophie. „Ich erkenne sie kaum wieder." Sie deutete auf die Ecke neben dem großen Fenster. „Da stand früher meine Kommode und hier mein Bett. Ein Wunder, wie wir es in den winzigen Zimmern ausgehalten haben." Sie nickte Niklas zu, der ihr eine dickwandige Nikolaustasse mit Punsch hinhielt. „Danke."

Nachdem alle versorgt waren, setzte auch Niklas sich an den Tisch. „Jetzt erzähl mal, wie war das mit deiner Autopanne?"

Camille berichtete, wie der Smart auf der Ausfahrt plötzlich ausgebrochen war und sich um die eigene Achse gedreht hatte, und wie ihr ein fremder Mann zu Hilfe gekommen war. Sie erwähnte nicht, dass sie vorher auch schon einen Kaffee mit ihm getrunken hatte, und gab auch sonst nicht zu erkennen, dass sie ihren Helfer mehr als nur sympathisch gefunden hatte. Trotzdem verengte Mia die Augen und betrachtete sie eingehend.

„Aha", sagte sie.

„Was, aha?" Camille verdrehte die Augen. Es schien, als sei sie ihrer Cousine doch prompt auf den Leim gegangen.

„Ach nichts, gar nichts." Mia zog ihren Pullover zurecht, dann grinste sie Camille an. „Ich sehe da nur einen ganz bestimmten Rosaton auf deinen Wangen."

„Quatsch!"

Niklas lachte. „Ihr seid wirklich wie Schwestern, was? Aber jetzt lasst uns die Hochzeit durchsprechen."

So taten sie es denn auch, und Camille vergaß vorerst den Fremden von der Autobahn.

„Bringst du eigentlich jemanden mit?", fragte Mia zwei Stunden später und wandte sich an Camille. „Sophie und Greta sind in Begleitung da, nur Falko und du habt euch noch nicht geäußert."

„Dann haben wir doch ein Paar", erklärte Greta wie selbstverständlich und grinste, während sie beobachtete, wie Camille die Röte in die Wangen stieg. Diese selbstbewusste Frau hatte wahrscheinlich einen Radar für Schwachstellen anderer. Bei Camille irrte sie sich da allerdings, denn auch wenn sie mindestens zehn Zentimeter kleiner als Greta und in jeder Hinsicht kurviger war, litt sie keineswegs an Minderwertigkeitsgefühlen. Die Tatsache, dass sie errötete, wurde natürlich prompt falsch interpretiert. Dabei war es nur ein Anflug von Verärgerung darüber, weil die Leute mehr oder weniger automatisch davon ausgingen, dass eine Frau ungern allein zu einer Hochzeit ging, und dass sie zwangsläufig traurig darüber sein müsste, dass sie nicht liiert war.

„Na, dann werde ich mich mit Falko amüsieren", erklärte sie feixend. „Wenn ich mich nicht irre, ist das dieser attraktive Sportler, der mindestens einen Kopf größer ist als ich?"

„Sorry", prustete Greta, „das war nicht anzüglich gemeint. Du kennst mich inzwischen doch. Ich bin ein Trampeltier, was Feingefühl angeht."

„Dafür siehst du nach außen hin aus wie eine Gazelle." Mia zwinkerte ihrer Cousine zu. „Also niemand? Auch niemand, den du kürzlich erst kennengelernt hast?"

„Nein, niemand. Ich freue mich einfach darauf, die ganze Verwandtschaft zu sehen, besonders auf Onkel Olli und seine Rede. Die wird ein Highlight der Feier, soviel ist sicher. Olli ist übrigens auch ein großartiger Tänzer. Ihn sichere ich mir. Da habt ihr keine Chance."

„Na, vom Bräutigam wirst du dir aber schon auf die Füße treten lassen, wenn er mit dir tanzen will, oder?" Niklas grinste breit.

Camille winkte ab. „Selbstverständlich. Blasen und blaue Flecke dieser Art sollen Glück bringen, sagt ein altes Zitat."

„Echt?" Mia riss die Augen auf. „Von wem ist das?"

„Von einer gewissen Camille Mars." Sie griff nach einem Zimtstern und biss herzhaft hinein.

„Aber nun noch etwas anderes", erklärte Mia. „Niklas und ich möchten mit euch noch ein paar Spiele planen."

Sophie kräuselte die Nase, wodurch ihre Brille hochgerückt wurde, was lustig aussah. „Uh, Partyspielchen – echt jetzt?"

Mia lachte. „Ja, die gehören nun mal dazu. Und weil ich nicht will, dass wir Spiele machen müssen, die schon in der Jugend unserer Eltern oberpeinlich waren, wollen wir uns ein paar ausdenken, die wirklich Spaß machen."

„Und wie wollt ihr die Leute dazu bringen, dass sie mitspielen?", fragte Greta. „Ich erinnere mich an eine Hochzeit, bei der die Band die Leute nötigte, mitzumachen. Ich war damals siebzehn." Sie verzog angewidert das Gesicht. „Der Sänger fand es witzig, wenn die Männer bei der Polonäse den Frauen an den Busen fassten." Sie schüttelte sich. „Das alles zu deutscher Schlagermusik. Zum Glück war ich nicht die Einzige, die das einfach nur geschmacklos fand."

Sophie nickte. „Wahrscheinlich hat sowas jeder schon mal erlebt. Gruselig."

„Ich hoffe, ihr habt nettere Ideen", sagte Camille zu Niklas gewandt.

Der winkte ab. „Was denkst du denn? Wir machen nichts, worauf wir keine Lust haben. Und Ringelpietz mit Anfassen schon gar nicht."

„Wir haben mal ein bisschen gegoogelt", erklärte Mia, die sich an Niklas geschmiegt und ihm ein Küsschen auf die Wange getupft hatte. „Uns gefällt die Idee, eine

Tombola zu veranstalten. Lose, die Aufgaben oder Gewinne enthalten.“

Camille beugte sich vor. „Aufgaben finde ich klasse. Wie wäre es mit Gutscheinen, die die Leute aufs Jahr verteilt einlösen können? Und zwar Gutscheine, die euch zugutekommen!“

„Uns? Nein, Unsinn. Wir wollen niemanden zu etwas nötigen.“

„Doch“, sagte Sophie. „Das ist doch eine zauberhafte Idee. Uns fallen da sicher ein paar nette Sachen ein. Auch welche, die noch vor Ort während der Feier eingelöst werden müssen. Zum Beispiel eine spontane pantomimische Parodie eurer Trauung.“

Greta lachte. „Ja, das gefällt mir! Und eine Parodie der Brauteltern und der Eltern des Bräutigams.“

„Verlesen eines bestimmten Textes, den ihr vorher aussucht.“ Niklas begeisterte sich augenscheinlich für die Idee. „Ich muss da spontan an diesen Loriot-Sketch mit Evelyn Hamann denken, wo sie einen englischen Krimi ansagt. Die zwei Cousinen auf dem Landsitz North Cothelstone Hall von Lord und Lady Hesketh-Forthescue. Den suchen wir heraus.“

„Oh, und der kleine plappernde Kaplan von René Marik“, fiel Greta ein. „Der kleine plappernde Kaplan klebt peppige, poppige Pappplakate an die klappernde Kapellwand“, rezitierte sie grinsend und fehlerlos.

„Eine Versteigerung, und der Erlös ist für die Hochzeitsreise.“ Camille hatte eine solche Versteigerung bei einer Hochzeit eines Freundes erlebt und fand die Idee schön.

Mia klatschte in die Hände. „Und Niklas und ich haben noch so eine schöne Idee für nach der Tombola. Aber die werden wir nicht verraten, das wird eine Überraschung.“

„Wir sollten uns noch ein paar Gedanken ohne das Paar machen, meint ihr nicht, Mädels?“, sagte Sophie.

„Ganz richtig. Wann können wir uns treffen?", wollte Greta wissen.

„Ich muss morgen spätestens gegen Mittag zurück nach Metz. Yannis und ich haben noch etwas vor."

„Also, auf deinen Yannis bin ich schon sehr gespannt", erklärte Camille. „Mia hat mir erzählt, wie ihr euch kennengelernt habt. Ein Chef zum Verlieben quasi."

Sophies Gesicht leuchtete. „Oh ja, es war ein kleiner Umweg, bis wir ein Paar geworden sind. Aber dann war die Entscheidung, in Metz zu bleiben, ganz leicht. Endlich bin ich glücklich, nachdem ich mir vorher immer die falschen Partner ausgesucht hatte."

„Wie kommt es, dass du Single bist?", wandte Greta sich an Camille. Diesmal hatte ihre Frage keine Untertöne, sondern klang aufrichtig interessiert.

„Im Moment ist eben keiner da." Sie schob eine Schulter vor. „Ich habe schon viele Beziehungen gehabt, und sie waren auch alle schön. Aber jedes Mal hat irgendetwas gefehlt." Sie nahm einen Schluck Punsch und blickte zur Zimmerdecke. Es tat überhaupt nicht weh, über ihre verflossenen Beziehungen nachzudenken. „Wir haben uns immer in Freundschaft getrennt. Fast harmonisch. Inzwischen war ich sogar schon bei drei meiner Ex-Freunde als Gast auf deren Hochzeit."

„Oh, das ist krass", meinte Greta.

„Nein, gar nicht. Es war jedes Mal schön. Mit ihren Bräuten waren die Jungs viel glücklicher, als wir es vorher je gewesen sind."

„Aber warst du nie richtig verliebt?", wollte Niklas wissen. Er griff dabei nach Mias Hand. Sie schenkte ihm ein Lächeln, bevor auch sie gespannt auf Camilles Antwort wartete.

„Das ist eine schwierige Frage." Sie dachte nach. „Natürlich dachte ich am Anfang, dass ich verliebt bin. Aufregend war es ja immer, einen neuen Mann kennenzulernen und sich auf ihn einzulassen. Ich muss zugeben, dass ich nie kontaktscheu war. Und – na ja", sie zwinkerte in Gretas Richtung, „zwar bin ich in meinem ganzen Leben noch nie so eine Amazone gewesen wie du, aber vielleicht haben die Jungs sich deshalb auch eher getraut, mich anzusprechen."

„Und dass man mit dir Spaß haben kann", warf Mia mit einem Lächeln ein, „haben sie dir wohl an der Nasenspitze angesehen."

Camille schnaubte belustigt. „Ja, vielleicht. Was ich sagen will: Ich liebe diesen Moment, wenn man einem Mann begegnet und spürt, dass es funkt." Nur wie ein Aufblitzen sah sie ein Männergesicht mit braunen Augen vor sich, doch sie achtete nicht darauf. „Und ich habe nie einen Grund gesehen, dem nicht nachzugeben. Ich kann wirklich nicht behaupten, dass ich keinen Spaß gehabt hätte."

Niklas stand auf. „Darauf ein Glas Wein, die Damen?"

Sie einigten sich auf einen Roten und Niklas ging zur Küche, um ihn zu holen. Während er sich mit dem Korkenzieher an der Flasche zu schaffen machte, konnte Camille sehen, wie er weiter aufmerksam zuhörte.

„Also, was soll ich groß drum herumreden? Ich habe mehrere Männer zum Partner gehabt, und es war immer eine gute Zeit. Ich kann nicht leugnen, dass es nicht total spannend ist, wie unterschiedlich Männer sein können. In vielerlei Hinsicht." Sie kicherte. Niklas war zurück am Tisch und füllte jedem ein Glas. Sophie wollte nur einen kleinen Schluck.

„Das kann ich bestätigen." Greta nickte.

Sie prosteten einander zu.

„Ich kann also mit vollem Recht behaupten, dass ich einige Erfahrung habe. Mit Männern und mit Sex." Camille trank bedächtig einen Schluck. „Und ich kann euch sagen, dass Sex in unserer Gesellschaft hoffnungslos überschätzt wird. Man sollte ihn das sein lassen, was er ist. Eine Nebensache. Sex allein kann keine Beziehung am Leben erhalten."

„Hört, hört." Greta verzog das Gesicht. „Wenn ich dich reden höre, komme ich mir ja wie ein dummes Mädchen vor."

„Nein, bloß nicht!" Camille zuckte die Schultern. „Vielleicht rede ich mir das ja auch nur ein, weil ich gerade keinen Partner habe, aber", sie schüttelte schmunzelnd den Kopf, „ich bin glücklich. Mir fehlt kein Mann."

„Darauf trinke ich", sagte Mia. Niklas runzelte die Stirn und sah sie von der Seite an. Sie setzte das Glas ab und küsste ihn auf die Wange. „Es geht um Camille, nicht um mich, Schatz. Ich liebe dich", sagte sie gelassen.

Sophie zog ihr Smartphone aus der Tasche, blickte auf das Display und tippte es an, um rasch ein paar Nachrichten zu schreiben. Ihr Lächeln verriet, wem sie galten.

„So", Camille straffte die Schultern. „Das war mein Wort zum Sonntag. Es ist spät geworden." Sie sah zu Mia. „Ich muss noch zu Oma und Opa. Die beiden haben mich zum Abendessen eingeladen." Sie sah Greta und Sophie an. „Wir können uns morgen Vormittag noch mal treffen, um alles zu sortieren und noch ein paar Überraschungen für unsere Turteltäubchen zu planen. Einverstanden?"

„Dann kommt ihr zu mir." Greta griff nach dem Notizblock, auf dem Niklas und Mia ihre Hochzeitsplanungen skizziert hatten, und riss ein leeres Blatt heraus, um ihre Adresse aufzuschreiben.

Sophie nickte. „Ja. Ich denke, meine Eltern warten auch schon. Ist das okay, Mia?"

„Na klar." Mia sah Niklas an. „Wir beide müssen auch noch mal über die Sitzordnung sprechen, bevor wir sie

deiner Mutter zeigen." Niklas verzog das Gesicht wie
unter Schmerzen.

Alle Jahre wieder

Auf Camilles Arbeitsstelle war der Teufel los, dabei hatte sie sich so auf die Vorweihnachtszeit gefreut. Ihre Cousine Mia würde heiraten, und Camille fieberte der Trauung in Aachen und der Hochzeit in Metz entgegen, seit sie die Einladung bekommen hatte. Aber kaum war der zweite Advent vorbei, wurden scheinbar alle arbeitenden Menschen krank, so auch Camilles Kolleginnen. An diesem Mittwochmorgen stand ihre Chefin vor ihr und sah sie mit bittendem Blick an. „Kannst du aushelfen? Ich weiß nicht, wie wir sonst den Freitag und Samstag überstehen sollen. Dafür hast du auch was gut bei mir." Camille war klar, dass die Apotheke mit nur zwei Mitarbeiterinnen vorübergehend schließen müsste, und mehr würden sie nicht sein, wenn sie sich nicht bereiterklärte, einzuspringen. Trotzdem wollte sie nicht nachgeben und bat sich noch einen halben Tag Bedenkzeit aus.

Mia würde zutiefst enttäuscht sein, wenn ihre Cousine nicht zur Trauung käme. Das wollte sie ihr nicht antun, wenn es sich irgendwie vermeiden ließ. Gerade hatte die Chefin sich wieder aufgerichtet, nachdem sie die Verriegelung der Haupteingangstür entsperrt hatte, da strömten schon die ersten Kunden herein. So schön der Advent auch war, immer entpuppte er sich am Ende als die hektischste Zeit im Jahr. Camille atmete durch, warf einen kurzen Blick auf den kleinen Plüschweihnachtsmann, der neben der Kasse saß, und lächelte dem ersten Kunden entgegen.

Erst in der Mittagspause konnte sie die Apotheke für eine halbe Stunde verlassen. Sie rannte fast zur

Buchhandlungsfiliale, in der es im Café Lolo für sie immer ein paar entspannte Minuten gab, und bestellte sich ein Stück des legendären Butterkuchens und einen großen Cappuccino. Sie hatte Mia vor dem Ansturm der kränkelnden Kunden eine WhatsApp geschickt, in der sie ihr von der Bitte der Chefin und dem grassierenden Rotavirus erzählt hatte. Seither hatte sie keine Zeit mehr gefunden, ihr Smartphone auch nur für eine Sekunde aus der Tasche zu ziehen. Das holte sie jetzt nach. Wie erwartet hatte Mia sie mit einer ganzen Flut an Nachrichten überhäuft und auch versucht, Camille persönlich zu erreichen. Mia, die auf ihrer Arbeit im Blumenladen oft Phasen mit wenig Kundschaft hatte, hatte bis heute nicht verstanden, dass es in der Stadtapotheke nun mal Tage gab, an denen einfach nichts ging, außer Kunden zu betreuen.

Sie löste mit der Gabel ein Stück vom Kuchen ab und genoss den feinen Hefeboden, die Mandeln und den karamellisierten Zucker. Erst nach einem Schluck aus der Kaffeetasse tippte sie das WhatsApp-Icon an und las alle Mitteilungen, beginnend mit ihrer eigenen.

Liebste Mia, hier ist die Hölle los!
Die Hälfte der Belegschaft liegt mit Rotavirus im Bett!
Ich soll am Freitag Dienst machen. Versuche, es zu verhindern.
Wollte dich aber trotzdem vorwarnen ...

*Nein! Das kannst du mir nicht antun, Camille! Dann sollen die die Apotheke wegen Krankheit schließen. *heul* *bettel* *verzweifel**
Bitte, bitte, sprich mit deiner Chefin. Du kannst doch am Freitagmorgen losfahren statt am Donnerstag. Und am Freitagabend, wenn es sein muss, wieder zurück sein? Dann müssen die nur EINEN Tag auf dich verzichten.

Vielleicht können sie auch jemanden aus einer anderen Apotheke „ausleihen"? Sowas muss doch gehen. Bitte, Camille, komm zu unserer Hochzeit. Bitte, melde dich.

Camille atmete tief ein und aus, dann tippte sie auf Mias Telefonnummer. Nach dem vierten Klingeln ging sie ran.

„Camille! Sag, dass du kommst!"

„Ich habe es fest vor."

„Du bist die Beste! Lass dich bloß nicht unterkriegen, versprich es mir."

„Okay, versprochen."

„Und halte dich von den Kranken fern, ja?"

Camille schnaubte. „So gut es geht, ja. Wird schon klappen." Sie hasste dieses blöde Gefühl, zwischen zwei Stühlen zu sitzen und nichts daran ändern zu können. Sie musste die Chefin im Stich lassen, um bei der Trauung dabei sein zu können. Mit schwerem Herzen beendete sie das Gespräch. Überrascht entdeckte sie im WhatsApp-Nachrichten-Eingang ein Profilbild mit einer unbekannten Nummer. Auf dem Foto war nur ein Wasserfall in grandioser Landschaft abgebildet. Wer hatte ihr geschrieben? In der Vorschau konnte sie nur die ersten paar Worte der Nachricht sehen, die über den Absender nichts verrieten. Camille sah auf ihre Armbanduhr. Noch zehn Minuten, um die Pause zu genießen. Und nachzuschauen, wer der geheimnisvolle Sender oder die Senderin der WhatsApp war. Irgendwo in ihrem Innern kribbelte es bereits, weil sie ahnte, wer sich da gemeldet haben könnte. Seit ihrer Begegnung waren vier Tage vergangen, in denen sie jeden Tag an den fremden Mann aus Aachen gedacht hatte. Vier Tage – das war eine angemessene Zeit. Auch wenn sie sich über eine raschere Reaktion mehr gefreut hätte.

Irrsinnigerweise zitterten ihre Finger ein bisschen, als sie die Nachricht antippte, und sie gestand sich überrascht ein, dass sie enttäuscht wäre, wenn sie nicht von ihm käme.

Wasserfall
Camille, ich musste mich einfach melden. Wann bist du wieder in Aachen?

Die Nachricht war am Vormittag abgeschickt worden, und es stand kein Name darunter. Ihr Herz machte einen winzigen Sprung. Verrückt, sagte sie sich.

Camille
Wer will das wissen?

Sie legte ihr Handy neben den Kuchenteller und fuhr zusammen, als ihr Smartphone kurz darauf mit einem Vibrieren den Eingang einer neuen Nachricht anzeigte.

Wasserfall
Du weißt schon wer. :-)

Ernsthaft? Du weißt schon wer? Bezog er sich damit etwa auf Harry Potter und Lord Voldemort? Das hätte sie nicht erwartet. Lasen Männer in seiner Altersgruppe diese Bücher, die sie – wie fast ihre gesamte Generation – natürlich verschlungen hatte?

Camille
Bist du ein Fan?

Wasserfall
Von einer entzückenden brünetten Person, die très französisch wirkt? Ja.

Das Kribbeln in ihrer Brust wurde stärker.

Camille
Das meinte ich zwar nicht, aber ... très charmant, merci.

Du-weißt-schon-wer
Und meine Frage?

Richtig, er wollte wissen, wann sie wieder in Aachen sein würde. Mist, noch ein Grund mehr, diesen verflixten Magendarmvirus zu verfluchen! Wenn sie Freitagmorgen hin und am Nachmittag wieder zurückfuhr, konnte sie unmöglich noch ein Date mit einem Fremden unterbringen.

Camille
Leider noch nicht abzusehen! Die Umstände sind gegen uns.

Erst als sie die Nachricht abgeschickt hatte, wurde ihr klar, dass sie von uns gesprochen hatte. Sie musste grinsen. So wie sie ihn einschätzte, zog er daraus exakt die richtigen Schlüsse.

Du-weißt-schon-wer
Welche Umstände genau sind es, die sich unserer Vereinigung in den Weg stellen? ;-)

Und wie er seine Schlüsse gezogen hatte! Camille checkte die Uhrzeit auf dem Handy. Sie musste zurück! Rasch zog sie ihr Portemonnaie aus der Handtasche und begann Jacke, Schal und Mütze anzuziehen. Eine der Bedienungen kam an den Tisch und brachte ihr die Rechnung. Camille zahlte, lächelte und ging, das Smartphone in der Hand. Als sie die Rolltreppe hinunterfuhr, waren bereits zwei weitere Nachrichten von Mister Unbekannt eingegangen.

Du-weißt-schon-wer
Du antwortest nicht? Habe ich dich erschreckt? Hab keine Angst vor mir, ich will nur spielen. Nun muss ich aber los, die Mittagspause ist vorbei.

Camille
Meine auch.

Sie tippte, während sie aus dem Buchladen auf die Bahnhofstraße trat. Schade, heute hatte sie keinen einzigen Blick für die Bücher übrig gehabt.

Du-weißt-schon-wer
Und welche „Umstände", um das noch rasch zu klären?

Camille
Rotavirus

Du-weißt-schon-wer
Uh! Weiche von mir! Gute Besserung! Gegen den kämpfen wir hier auch. Bin weg, adieu, belle Camille!

Camille
Adieu.

Sie sah an den beiden Häkchen, die sich blau färbten, dass er ihre Nachricht noch gelesen hatte.

Camille
Wer ist wir? Und wo? Ich selbst bin nicht betroffen.

Doch er antwortete nicht mehr. Nun, sie hatte ja auch eigentlich keine Zeit mehr, ihm zu schreiben, selbst wenn es gerade anfing, Spaß zu machen.

„Du grinst, als wäre dir der Nikolaus über den Weg gelaufen", sagte ihre Chefin, als sie die Apotheke betrat. „So ähnlich."

Im Verlauf des Nachmittags hatte sie keine Zeit mehr, an den Fremden aus Aachen zu denken. Oder an Mia und die standesamtliche Trauung am Freitag. Als ihre Mutter am Nachmittag in die Apotheke kam, um rezeptfreie Medikamente zu kaufen, fiel ihr siedend heiß ein, dass sie ihrer Familie noch nicht gesagt hatte, dass sie erst später nach Aachen fahren konnte.

„Mama, ich kann morgen nicht mit euch zur Hochzeit fahren", sagte sie, während sie die Medikamentenpäckchen vor den Scanner hielt. „Ich komme hier erst am Freitagmorgen weg.

„Was? Wieso das denn?"

„Hier sind fast alle krank geworden. Der Rotavirus grassiert. Außer mir und der Chefin ist nur noch eine Kollegin da. Alle anderen liegen flach." Camille packte die Päckchen in eine Papiertüte, tat ein sternförmiges Teelicht dazu und reichte sie ihrer Mutter.

„Oh, wie furchtbar! Diese schreckliche Krankheit!" Sie schüttelte den Kopf und sah sich um, als erwarte sie, um sich herum lauter kranke Menschen zu sehen, die nichts anderes im Sinn hatten, als sie anzustecken. „Dann wäre es vielleicht sogar besser, wenn du nicht mit Mia in Kontakt kommst ..." Schuldbewusst verzog sie den Mund. „'tschuldige", murmelte sie.

Camille kannte die hypochondrischen Neigungen ihrer Mutter. „Schon okay. Ich sehe das auch so. Sagst du Roberto und Julien Bescheid? Wir hätten ja ohnehin Papas Wagen genommen." Der Kunde hinter ihrer Mutter beugte sich ein bisschen vor, um seine Ungeduld zu signalisieren. „Ihr könnt dann morgen früher los."

Mutter drehte sich halb zu dem Kunden um, dann sagte sie: „Natürlich. Auf Wiedersehen, Camille, und gute Besserung." Damit machte sie dem Kunden mit einer übertriebenen Geste Platz und verließ den Laden.

„Ich bin doch gar nicht ...", aber das hörte ihre Mutter schon nicht mehr. „... krank." Camille lächelte den Kunden an. „Bitte sehr?"

„Dann seien Sie froh." Damit hielt er ihr ein Rezept entgegen.

„Bin ich." Sie las die Angaben auf dem Rezept und tippte sie ein. Kurz darauf fiel die angeforderte Packung in die Schale unterhalb des spiralförmigen Rohrs, das aus dem Lager bis zur Theke führte. Und noch mal wurde ihr klar: Wenn sie, Camille, auch noch fehlte, musste die Apotheke schließen, denn mit nur einer Kraft im Laden und einer, die das Lager betreute, war die Arbeit nicht zu bewältigen. In ihrem Magen rumorte es. Kein Wunder in dieser stressigen Zeit!

Nach einem sehr langen Arbeitstag verließ sie um acht Uhr die Apotheke und schlenderte zum Sankt Johanner Markt. Sie hatte keine Lust mehr, sich noch etwas zu kochen, und beschloss, stattdessen auf dem Weihnachtsmarkt eine Portion Champignons mit frischem Kräuterbaguette zu essen. Sie wusste, dass ihre Freundinnen der Theatergruppe sich noch auf einen Glühwein sehen wollten, und suchte nach ihnen.

„Camille", hörte sie die Stimme ihrer Freundin Françoise. „Nous sommes là." Sie entdeckte sie an einem der Stände und ging auf sie zu. Nur Jenny stand bei ihr.

„Seid ihr allein?"

„Ja, die anderen beiden sind krank geworden, stell dir nur vor."

„Lass mich raten: Rotavirus?"

Jenny schnalzte mit der Zunge. „Genau. Ein Glück, dass wir am Montag noch alle fit waren." Sie zog ihre

Jacke enger um sich. „Sei mir nicht böse, Camille, aber ich muss auch los. Du weißt, bei diesem Schnee fahre ich nicht gern Auto. Tant mieux, dass es nicht mehr schneit, n'est-ce pas?" Damit beugte sie sich vor und gab Camille zwei Bises, dann entfernte sie sich mit raschen Schritten.

Françoise sah zu Camille auf und lächelte. „Ich leiste dir noch ein bisschen Gesellschaft."

„Das ist lieb, ich muss unbedingt eine Kleinigkeit essen und dann will ich auch nach Hause ins Bett."

„Du siehst so ...", Francoise wärmte ihre Finger am Glühweinbecher und schien nach dem passenden Wort zu suchen, „strahlend aus. Was ist los?" Sie hatten sich an einen der Stehtische gestellt. Um sie herum begannen die Betreiber der Buden langsam einzupacken. Die Portion Champignons, die Camille sich gekauft hatte, war extra groß ausgefallen, sodass sie Francoise bat, sich die Portion mit ihr zu teilen. Die frischen Pilze wollten ihr nicht so richtig schmecken, wahrscheinlich waren die Schmetterlinge in ihrem Bauch schuld daran.

Sie legte den Kopf schief. „Strahlend meinst du? Das kann ich mir gar nicht vorstellen. Es war ein irre anstrengender Tag."

„Ja, das kann ich sehen. Trotzdem, in deinen Augen liegt etwas ... Positives. Vielleicht freust du dich auf die Hochzeit deiner Cousine? Ich überlege tatsächlich, ob ich an dem Tag einen Ausflug nach Metz mache, um mir die Hochzeit in der Kathedrale anzusehen."

Camille schob die Schale mit den Pilzen von sich. „Ja, auf die Hochzeit freue ich mich, aber im Moment bin ich einfach nur todmüde ... und mir ist ein bisschen schlecht." Francoise sah sie lange an, dann lächelte sie wieder. Ihre blauen Augen waren von einem Kranz feinster Lachfältchen umgeben. Sie machte ein halbes Kopfschütteln, eine typische Geste, die Camille nur von

ihr kannte. „Ich habe es dir am Montagabend schon an-
gemerkt. Hast du vielleicht jemanden kennengelernt?
Un mec?"

„Einen Mann?" Camille griff fast unbewusst nach ihrem Smartphone und aktivierte es. Mehrere
WhatsApp-Nachrichten waren eingegangen. Ihre
Müdigkeit fiel sofort von ihr ab, sie grinste und schob
das Handy wieder in die Jackentasche. „Ja, tatsächlich,
aber es hat nichts zu bedeuten. Es war nur eine kurze
Begegnung."

„Lass mich raten. Es ist der Mann, der dir bei deiner
Panne geholfen hat."

Camille lachte. „Ja, unglaublich, oder? Er geht mir irgendwie nicht mehr aus dem Kopf. Er wohnt in Aachen
und hat mir heute geschrieben." Sie klopfte mit der
Hand auf die Jackentasche, in der das Handy steckte.

Francoise legte ihr eine Hand auf den Arm. „Nun, wer
weiß. Aachen ist schließlich nicht aus der Welt."

Nein, Aachen war nicht aus der Welt, sagte Camille
sich, als sie ihre kleine Wohnung in Alt-Saarbrücken
betrat, die warmen Sachen auszog, sich von den Stiefeln befreite und auf die Couch warf. Jetzt konnte sie
endlich nach den WhatsApp-Nachrichten sehen. Sie
tippte auf den Wasserfall. Etwas enttäuscht bemerkte
sie, dass er nur zwei Nachrichten geschrieben hatte.

Du-weißt-schon-wer
*Ah, du bist selbst nicht krank? Also die Familie? Oder
hast du beruflich mit dem bösen Virus zu tun?*

Die beiden Nachrichten waren am Nachmittag abgeschickt worden. Sie tippte eine Antwort.

Camille
Beruflich, ja. Ich bin PTA. Und bei dir?

Sie legte das Smartphone auf den Wohnzimmertisch, stand auf und brühte sich einen Kräutertee auf, weil ihr Magen sich schon wieder meldete. Mit der Tasse ging sie zurück zur Couch und griff nach der Zeitung, die sie wenigstens noch durchblättern wollte. Es war schon halb zehn. Sie rechnete nicht damit, dass der Fremde – sie musste ihn endlich nach seinem Namen fragen – noch antworten würde. Jemand in seinem Alter war doch sicherlich verheiratet. Sie versuchte sich zu erinnern, ob sie an seinem Finger einen Ring gesehen hatte. Nein, hatte sie nicht. Trotzdem, liiert war er ganz bestimmt. Er hatte nicht wie ein Singlemann gewirkt. Sie schnalzte mit der Zunge, weil sie sich nicht auf den Artikel konzentrieren konnte. Der Typ war doch mindestens fünfzehn Jahre älter als sie. Vielleicht sogar zwanzig. Sie rieb sich über die Stirn. Warum beschäftigte sie sich überhaupt mit ihm?

Sie behielt recht, er antwortete nicht. Mit einem leisen Fluch auf den Lippen beschloss sie ins Bett zu gehen.

Als sie das Smartphone später zum Laden einsteckte, waren wieder zwei Nachrichten eingegangen. Von Monsieur Wasserfall.

Du-weißt-schon-wer
Auch beruflich. Und wann kommst du nach Aachen?

Sie musste lachen, obwohl der knappe und forsche Ton sie störte. Aber irgendwie reizte er sie auch. Sie setzte sich aufs Bett und tippte eine Antwort ein.

Camille
Vorerst wohl nicht. Vielleicht sollte Monsieur sich stattdessen nach Saarbrücken bequemen.

Du-weißt-schon-wer
Saarbrücken? Wer will denn DAHIN?

Unverschämtheit! Sie schüttelte den Kopf, musste aber dennoch kichern.

Camille
Saarbrücken schlägt Aachen, wetten?

Du-weißt-schon-wer
Wie das?

Camille
Weil ich in Saarbrücken lebe. :)

Du-weißt-schon-wer
Punkt für dich!

Camille
Und nun solltest du mir mal sagen, wer du bist.

Du-weißt-schon-wer
Warum?

Camille
Damit ich weiß, unter welchem Namen ich den Wasserfall auf meinem Handy abspeichern kann.

Du-weißt-schon-wer
Wo wir gerade dabei sind: Dein Profilbild ist zum Niederknien.

Camille stutzte. Welches Profilbild hatte sie derzeit hochgeladen? Sie tippte ihre Einstellungen an. Ach ja, das mit dem breiten Stirnband. Julien hatte es geschossen, als sie einen Familienausflug an die Saarschleife

gemacht hatten, um endlich den Baumwipfelpfad zu
sehen. Sie lächelte auf dem Bild, die Sonne schien ihr
ins Gesicht und ihre Augen strahlten in einem intensi-
ven, hellen Grün. Ihre Haare hatten sich vor Feuchtig-
keit an dem Tag noch etwas stärker gekringelt, weil sie
mit ihrem Bruder um die Wette gerannt war wie früher. Es war eines ihrer Lieblingsbilder.

Camille
Danke sehr. Und?

Du-weißt-schon-wer
Diese Frau hat etwas typisch Französisches.

Camille
Das meinte ich nicht. Dein Name ...?

Du-weißt-schon-wer
Wie würdest du mich denn nennen?

Camille stöhnte. Das war so ein typisches Männerver-
halten. So ... selbstverliebt. Einer Frau würde man nach-
sagen, sie würde kokettieren. Na ja, andererseits war er
dabei sehr charmant. Aber woher zum Geier sollte sie
wissen, wie er hieß? Dann hatte sie eine Idee.

Camille
Horst.

Du-weißt-schon-wer
Nein! :O

Camille lachte laut auf und versuchte es erneut.

Camille
Heinrich.

Du-weißt-schon-wer
Nein!

Camille
Tillmann.

Du-weißt-schon-wer
Schon besser, aber nein!

Camille
Edelbart.

Du-weißt-schon-wer
Edelbart? Das ist doch kein Name! Jetzt mal ernsthaft.

Camille
Chuck Norris? Scherz! Gerhard.

Du-weißt-schon-wer
Nein, auch nicht!

Camille
Tom.

Du-weißt-schon-wer
Tom? Wie das jetzt?

Camille
Von Tom Riddle.

Du-weißt-schon-wer
grins

Camille
Ist das ein Ja?

Du-weißt-schon-wer
Ja. Tom.

Ob das wirklich sein Name war? Er hatte nicht ausgesehen wie ein Tom. Aber der Name Thomas war ein Klassiker, den gab es in jedem Alter. So richtig zufrieden war sie trotzdem nicht.

Camille
Ist das dein realer Name?

Tom
Warum sollte er es nicht sein?

Camille
Weil du mir alles erzählen könntest und ich es nicht nachprüfen kann. Wie ist dein Nachname?

Tom
Den klären wir dann beim nächsten Mal. Wenn du nach Aachen kommst.

Camille
Dislike.

Tom
Warum? Ich glaube, du beherrschst dieses Spiel, belle Camille. Ich werde in der Zwischenzeit darauf warten, dass die holde Maid sich wieder meldet und mir ihre Gunst erweist.

Camille
Ach, und zu mir nach Saarbrücken zu reiten ist von dem Ritter wohl zu viel verlangt?

Tom

Es wäre durchaus in Betracht zu ziehen. Allein, die Pflicht hält mich fern. Ernsthaft, liebe Camille: In meinem Leben geht es gerade hoch her. Sei nicht böse, wenn ich mich nicht auf dich einlassen kann. So gerne ich es auch täte.

Was sollte das denn jetzt? Warum schrieb er ihr überhaupt, wenn er doch nicht vorhatte, sie wiederzusehen?

Camille

Aha.

Tom

*Ich weiß, das kommt eigenartig an *seufz*. Darf ich mich trotzdem wieder melden? Um das Namensthema zu vertiefen, wenn wir uns schon nicht sehen können?*

Camille

Na gut. Aber jetzt muss ich in mein Bettchen. Bonne nuit!

Tom

Süße Träume, belle Camille!

Ein Lächeln lag auf ihren Lippen, als sie das Handy in den Flugmodus schaltete und sich in die Decken kuschelte. Es hatte ja eh nur ein Flirt sein sollen. Trotzdem fühlte es sich großartig an, mal wieder Komplimente zu bekommen.

Noch vor Mitternacht wachte Camille auf und rannte in ihr kleines Bad, als würde sie gejagt. Es ließ sich nicht mehr leugnen: Der Rotavirus hatte jetzt auch sie erwischt. Als sie eine WhatsApp an Mia mit der Absage

für Freitag schrieb, liefen ihr die Tränen die Wangen
hinunter.

Nichts für schwache Nerven

Was für eine Nacht! Sophie erwachte bei völliger Dunkelheit, und ihr innerer Scanner brauchte keine Sekunde, um ihr zu verraten, wo sie war. Nassgeschwitzt lag sie in Yannis' Armen, der fest schlief. Und das trotz des einen Meter schmalen Jugendbetts in Sophies ehemaligem Kinderzimmer im Haus ihrer Eltern. Ihre Mutter hatte angeboten, dass sie und ihr Vater deren Schlafzimmer zur Verfügung stellten, aber das hatte Sophie nicht zugelassen.

Sie bereute es nicht, auch wenn sie, wie erwartet, nicht richtig schlafen konnte. Ihr Gesicht verzog sich zu einem Lächeln, während sie vorsichtig ein Bein unter der Decke herausschob. Diese Enge störte sie kein bisschen, zumal es nur für zwei Nächte war. Sie dachte über den vergangenen Tag nach. Der Betrieb in den Galeries Jouvet steigerte sich von Wochenende zu Wochenende. Anscheinend hielten viele Franzosen es so wie die Deutschen und kauften den Großteil ihrer Weihnachtsgeschenke erst in den letzten Wochen vor Weihnachten ein. Da war es richtig entspannend, gleich zwei Wochenenden dem Trubel entfliehen zu können. Madame Chevalier hatte sich zum Glück gemeinsam mit Jean-Jacques bereiterklärt, Sophies Arbeit an diesen Tagen mit zu übernehmen. Im Gegenzug würden sie und Yannis bis zum letzten Tag vor Weihnachten die Stellung halten. Sie würden erst am Dreiundzwanzigsten nach Saint-Tropez fliegen und am zweiten Feiertag wollten sie schon wieder in Metz sein, um mit Sophies Eltern Weihnachten zu feiern. Auf diese Weise sollten weder Yannis' Familie noch ihre eigene zu kurz kommen. Jedes Mal, wenn sie daran dachte, befiel sie eine gewisse Nervosität, weil sie zum ersten Mal gemeinsam in dem kleinen Privatjet fliegen würden, der Yannis' Familie gehörte. Aber anders würden sie all die Termine dieses Jahr nicht unter einen Hut bringen, und sie wollten die Weihnachtstage auf keinen Fall getrennt verbringen.

Sie drehte vorsichtig den Kopf, um in Yannis' schlafendes Gesicht zu blicken. Der Schein der Straßenlaterne erhellte das Zimmer ein wenig. Yannis' Bein und ein Arm lagen auf ihrem Körper. Er atmete tief und gleichmäßig, die Lippen geschlossen. Wie schon viele Male in den letzten Wochen sog sie den Anblick in sich auf. Seine kurzen Bartstoppeln, die wie dunkler Reif seine Wangen überzogen, die zarten Mulden neben den Mundwinkeln, die sich beim Lachen zu Grübchen vertieften, und die ausgeprägten Brauen, die seinen starken Willen verrieten. Seine Haare waren verwuschelt. Sophie konnte noch immer nicht ganz fassen, wie sehr sie diesen Mann liebte, und sie fragte sich oft, womit sie ihn verdient hatte. Genauso oft schlich sich die Frage ein, ob er mit ihr ebenso glücklich war wie sie mit ihm.

Sie dachte an Mia, die morgen – Sophie griff nach dem Smartphone auf dem Nachtkästchen, um die Uhrzeit zu checken: nein, heute, es war vier Uhr nachts – Niklas heiraten würde. Alarmiert kniff sie die Augen zusammen. Da war ein rotes Symbol auf dem Display, das sie ohne Brille nicht genau erkennen konnte. Sie hatte ihr Handy nicht in den Flugmodus umgeschaltet, wie sie es sonst immer tat, weil Mia sie darum gebeten hatte. Aber es war auf lautlos gestellt. Das rote Symbol war ungefähr an der Stelle, wo sich das Telefon-Icon befand. Vorsichtig rutschte Sophie ein Stück von Yannis weg. Hatte jemand versucht, sie zu erreichen? Es gelang ihr, aus dem Bett zu steigen, ohne Yannis zu wecken. Sie schlich ins Badezimmer, schloss leise die Tür ab und setzte ihre Brille auf, bevor sie sich auf dem Toilettendeckel niederließ und das Handy einschaltete. Ja, Mia hatte mehrmals versucht, sie anzurufen! Sophies Finger zitterte, als sie auf Rückruf tippte.

Schon nach dem ersten Klingeln ging Mia ran. „Sophie?", heulte sie.

Sophies Brust zog sich zusammen. „Ja, Liebes. Was ist los?"

„Ich brauche dich. Ich weiß nicht, was ich tun soll!" Mias Stimme klang verzweifelt.

„Um Himmels willen, was ist denn passiert? Soll ich einen Krankenwagen rufen? Bist du zu Hause?"

„Nein, ich bin bei meinen Eltern, alle schlafen."

„Und Niklas?"

„Er ist zu Hause bei seiner Mutter. Sophie, ich kann das nicht!"

„Was kannst du nicht?" Sie wurde aus Mias Worten nicht schlau. Dann fiel ihr ein, dass Mia und Niklas sich darauf geeinigt hatten, vor dem Standesamt und vor der kirchlichen Hochzeit jeweils bei den eigenen Eltern zu schlafen. Das schien auch so ein alter Brauch zu sein.

„Ich kann da morgen nicht hingehen!" Mia brach in unterdrücktes Schluchzen aus. „Ich schaffe das mit der Hochzeit nicht."

„Mia!" In Sophies Magen stieg Übelkeit auf. Ein erneuter Panikanfall der Braut! „Ich komme zu dir, okay? Mach mir die Tür auf, ich bin in zehn Minuten da. Ich beeil mich."

„Ach, Sophie, du bist die beste Freundin der Welt. Aber bitte komm alleine, ja?"

Sophie hatte bereits nach ihrer Jeans und dem Baumwollpullover gegriffen, die über dem Rand der Badewanne hingen. Nur wie ein kurzes Streiflicht dachte sie daran, wie Yannis ihr beides ausgezogen hatte, bevor sie gemeinsam geduscht hatten. Es war schon spät am

Abend gewesen. „Ich ziehe mich an und bin gleich da. Bleib cool." Sie legte auf.

Tatsächlich stand sie bereits nach zehn Minuten vor der Haustür des Zweifamilienhauses in Hahn, in dem Mias Eltern und Großeltern lebten. Mia hatte sie erwartet und zog die Tür auf, um sie hereinzulassen. Sie warf sich in Sophies Arme und klammerte sich an sie, am ganzen Leib zitternd. Sophie hielt sie einen Moment, dann schob sie sie vorsichtig auf die Tür zu, hinter der sich, wie sie wusste, das Gästezimmer befand. Es war Mias ehemaliges Zimmer, in das ihre Eltern nach ihrem Auszug ein Doppelbett gestellt hatten. Darauf warf sich Mia, sobald sie das Zimmer betreten hatten, und schluchzte hemmungslos. Sophie legte Schal und Mantel ab, dann setzte sie sich neben ihre Freundin. Im Augenwinkel sah sie den jadegrünen Hosenanzug, den Mia sich für die standesamtliche Trauung gekauft hatte, am Schrank hängen, geschützt durch einen durchsichtigen Kleidersack. Fast mechanisch streichelte sie Mias bebenden Rücken. Die Berührung schien beruhigend auf ihre Freundin zu wirken.

„Jetzt erzähl mal genau, was los ist. Hat Niklas etwas getan?"

Mia setzte sich auf und sah Sophie mit riesigen Augen an. Sie schimmerten im Licht der Nachttischlampe hinter einem Tränenschleier mehr grün als braun. „Nein, wieso? Wir haben uns verabschiedet und alles war gut. Um zehn Uhr haben wir noch telefoniert und uns eine gute Nacht gewünscht."

„Und was ist dann geschehen?", fragte Sophie sanft.

Mias Gesicht verzog sich kläglich, sodass sie aussah wie eine Elfe aus einem Märchenbuch. Sophies Herz quoll über vor Zärtlichkeit.

„Ich bin eingeschlafen. Ich war glücklich, verstehst du?" Mia wirkte fassungslos, als könne sie nicht begreifen, wieso sie trotzdem weinend vor ihrer Freundin saß. „Und dann bin ich aufgewacht, schweißgebadet und am ganzen Körper zitternd. Was, wenn ich den größten Fehler meines Lebens mache?"

Sophie bewegte ihre Schultern, als liege eine schwere Last auf ihnen. Für einen Moment musste sie an ihre Mutter denken, die ehemalige Tänzerin, die für die Familie ihren Wunschtraum von der Bühnenkarriere aufgegeben hatte. Sophie hatte diese Entscheidung für einen Fehler gehalten. Und doch war ihre Mutter heute Abend glücklich und zufrieden gewesen, als Yannis und Sophie angekommen waren. Sie hatte versöhnt gewirkt. Dass ihre Tochter jetzt mit Yannis zusammen war, machte sie richtig glücklich, wie sie Sophie in einem ungestörten Moment zugeraunt hatte. Sie vertraute ihm von dem Moment an, in dem sie ihn kennengelernt hatte. Seit der Aussprache zwischen Sophie und ihrer Mutter im Frühling, nach der Krankheit von Sophies Vater, hatte ihre Mutter sich zu einer ausgeglicheneren, glücklich wirkenden Frau entwickelt.

Sophie zog Mia in ihre Arme und hielt sie fest. Mias Körper wurde von Schluchzern geschüttelt. „Ich weiß nicht, woher diese Panik kommt. Aber wenn ich dran denke, dass ich das da", sie deutete auf den Anzug am Schrank, „morgen anziehen muss und so tun soll, als ob nichts wäre, wird mir übel." Sie drückte die Hand auf ihre Brust. „Mein Herz spielt verrückt. Fühl mal." Sie zog Sophies Hand an sich und legte sie auf die Stelle, unter der Sophie ihren rasenden Herzschlag spüren konnte. Wenn sie Mia nicht schon vor ihren Abschlussprüfungen erlebt hätte, würde sie jetzt selbst Angst bekommen. So jedoch verließ sie sich darauf, dass es tatsächlich eine besonders starke Torschlusspanik war, die allerdings gerade zum schlechtesten Zeitpunkt kam. Und das, nachdem Mia und Niklas ihre Ängste doch seit dem Sommer ausgeräumt hatten. Sophie übte einen sanften Druck mit ihrer Hand aus.

„Sch", machte sie leise und zog Mia erneut an sich. Der Herzschlag unter ihrer Hand schien wieder etwas langsamer zu werden. Wieso verließ Mia jedes Mal ihre Toughness, sobald es um ihre Hochzeit ging? Zweifelte sie im Innersten daran, dass sie Niklas liebte? Oder er sie? Dann fiel Sophie ein, dass Niklas im Sommer genauso Panik geschoben hatte wie Mia. Die beiden hatten sich gemeinsam dazu entschlossen, die Hochzeit zu verschieben. Vielleicht sollte sie Niklas anrufen?

Vorsichtig schob sie ihre Freundin ein Stück von sich, um ihr in die Augen blicken zu können. „Was hältst du davon, wenn ich Niklas anrufe?"

„Nein, auf keinen Fall! Wenn er mitbekommt, dass ich Schiss habe, kriegt er doch auch wieder Panik."

Sophie lächelte. „Wenn du morgen nicht aufkreuzt, wird er es erst recht mitbekommen. Das wäre viel schlimmer, meinst du nicht?"

Mia runzelte nachdenklich die Stirn.

„Eigentlich willst du morgen heiraten, richtig?"

„Ich weiß nicht." Mias Blick wanderte erneut zu dem Kleiderbügel am Schrank. Sie atmete tief ein, und an der Art, wie sie das Gesicht verzog, erkannte Sophie, dass die Panik schon wieder aufflackerte. Innerlich schüttelte sie den Kopf und begann, Mia vorsichtig hin- und herzuwiegen. Sie summte leise ein Lied, dessen Text sie nicht mehr wusste, und das irgendwo aus ihrem Rückenmark aufzusteigen schien. Nach einer Weile fiel Mia in das Summen ein. Eine endlos scheinende Zeit summten und wiegten sie sich, bis Sophie es wagte, Mia wieder anzusprechen. Deren Herzschlag war inzwischen ruhig und gleichmäßig geworden.

„Mia, darf ich dir sagen, was ich denke, und wirst du mir glauben?"

Mia zog den Kopf zurück und sah ihr in die Augen. „Ja, bitte, Sophie."

„Ich denke, dass diese Angst ganz normal ist. Und ich bin mir sicher, dass sie unbegründet ist. Ich kenne dich und Niklas schon viele Jahre, stimmt's?“

„Ja.“

„Ich kann einschätzen, ob ihr zueinander passt, stimmt's?“

„Hm ... glaub schon, ja.“

„Und du, du kanntest meine Freunde, die ich vor Yannis hatte, stimmt's?“

Mia kräuselte die Stirn. „Ähm, ja.“

„Und du hast mir jedes Mal vorausgesagt, ob es etwas Festes wird oder nicht ...“

Mia glättete ihre Stirn. Anscheinend wusste sie, worauf Sophie hinauswollte. Ein erstes Lächeln zuckte um ihre Mundwinkel. „Das stimmt.“

„Du hast jedes Mal recht behalten, auch wenn ich das am Anfang nie glauben wollte. Und jetzt, wo ich mit Yannis zusammen bin, hast du zum ersten Mal gesagt, alles sei gut.“

Mia richtete sich wieder auf. Sie wischte ihre Wangen ab. „Ja. Ich habe ihn zwar heute nur kurz gesehen, als ihr angekommen seid, aber – ja. Er ist der Richtige für dich. Ich sehe ihm an, dass er dich aufrichtig liebt.“

„Woran genau erkennst du das?“

„An dem, was in seinem Blick liegt, wenn er dich ansieht. Es ist das Gleiche, das Niklas in seinen Augen hat, wenn wir alleine sind.“ Sie hielt inne. Tränen liefen ihre Wangen hinab, während ihre Lippen sich von einem Schmollmund zu einem Lächeln verzogen. „Du hast recht“, flüsterte sie. „Wovor habe ich bloß Angst?“

Ein rhythmisches Vibrieren setzte in Sophies Hosentasche ein. Ihr Smartphone! Überrascht zog sie es hervor. Suchte Yannis nach ihr? Doch es war eine unbekannte Nummer. Mit gerunzelter Stirn tippte sie sie an.

„Hallo?“, sagte sie zaghaft.

„Ist dort Sophie Thielen?", erklang eine männliche Stimme, die ihr zwar nicht ganz unbekannt war, die sie jedoch nicht zuordnen konnte.

„Ja, mit wem spreche ich denn?"

„Hier ist Falko. Ich, also ich bin bei Niklas. Oder vielmehr, er ist bei mir."

„Niklas ist bei dir?" Sophie warf Mia einen fragenden Blick zu, die sich aufrecht hinsetzte und die Augen aufriss.

„Ja, er … also, er schiebt Panik. Ich weiß nicht, was ich machen soll. Ich denke, Mia und er sollten sich sehen, oder? Kann man Mia um diese Zeit anrufen? Vor ihrer Hochzeit?"

„Weiß Niklas, dass du mich anrufst?"

„Nein, er ist gerade auf dem Klo. Angstattacken haben bei ihm immer durchschlagende Wirkung, das war früher vor Klassenarbeiten schon so." In seiner Stimme schien ein Lachen zu liegen. „Ich wollte Mia mit seinem Handy anrufen, aber dann habe ich deine Nummer gesehen und mir ist eingefallen, dass du morgen die Trauzeugin bist. Und ich meine mich zu erinnern, dass du Mias beste Freundin bist und dass sie dir vertraut."

So war das also gekommen. Sophie erinnerte sich, Falko war fast wie ein Bruder für Niklas. Sie hatte ihn auf einer Geburtstagsfeier kennengelernt. Ein großer, cooler Typ, sehr sympathisch. Sie hatten sich gut verstanden an dem Abend. Obwohl ihr damaliger Freund, Leon, auf ihn mit einer unverständlichen Abneigung reagiert hatte.

„Gib mir mal das Telefon." Mia streckte die Hand aus und Sophie überließ ihr das Smartphone.

„Falko? Hier ist Mia. Niklas sitzt auf dem Topf, sagst du?" Sie kicherte und lauschte. „Bei mir ist es das Gleiche! Ich bin schweißgebadet aufgewacht … Ja, jetzt geht es mir wieder besser. Sophie ist bei mir … Ja, du hast recht. So machen wir's. Sag Niklas, dass ich ihn liebe und gleich daheim bin." Sie legte auf und wandte sich an Sophie. „Kannst du mich zu unserer Wohnung bringen?" Mit diesen Worten zog sie sich ihren Wintermantel über und griff nach dem Hosenanzug am Schrank. Sie deutete auf einen Schuhkarton, der darunter stand. „Den müssen wir mitnehmen, dann haben wir alles." Ihre Stimme klang nervös, aber entschlossen.

Sophie schüttelte den Kopf, aber sie spürte das Lächeln, das sich in ihrem Gesicht festsetzte. „Natürlich bringe ich dich heim."

Fünf Minuten später half sie Mia, die Kleidung nach oben in ihre Wohnung zu tragen. Sie wollte ihr gerade anbieten, noch zu warten, als der Schlüssel sich im Schloss drehte. Ein großer blonder Mann trat ein, in der Hand einen Kleiderbügel mit einem dunklen Anzug in einer durchsichtigen Plastikhülle. Sie erkannte Falko und streckte ihm die Hand entgegen. Beide mussten lachen.

„Du siehst müde aus", scherzte er, nachdem sie sich mit einem Wangenkuss begrüßt hatten.

Sophie rieb sich über die Augen, dann sah sie Niklas, der sich durch die Tür schob. Er trug einen Schuhkarton vor sich her und war blass um die Nase. Ein verlegenes Grinsen breitete sich auf seinem Gesicht aus. Sein Blick irrte durch die Wohnung. „Sophie, hi! Danke, dass ihr für uns da seid! Wo ist sie?"

„Sie wollte ihre Klamotten ins Schlafzimmer hängen." Sophie gähnte. Niklas eilte zur Schlafzimmertür. „Mia?"

„Tja", Falko legte den Hochzeitsanzug über einen Stuhl. „Ich denke, jetzt können wir uns auch noch eine Mütze voll Schlaf holen." Er sah auf seine Armbanduhr. „Schon sechs. In vier Stunden geht's los."

Sophie nickte. Aus dem Schlafzimmer hörte sie die Stimmen von Niklas und Mia. Sie klopfte vorsichtig an. „Wir fahren dann. Ist das okay?"

Die Tür öffnete sich, Mia blickte heraus. Sie sah wieder ganz wie die alte aus, nur sehr, sehr müde. Sie lächelte. „Ja, schnell in eure Betten. Danke!"

Als Sophie und Falko die Wohnung wieder verließen, war noch immer das Stimmengemurmel der beiden zu hören.

Vor dem Haus blickte Sophie zum Himmel. Die Mondsichel war hinter Wolken nur zu erahnen. Ein kalter Eisstern landete auf ihrer Wange und schmolz sofort. „Oh, es schneit wieder. Vielleicht bekommen wir dieses Jahr tatsächlich weiße Weihnachten, das wäre schön." Fröstelnd zog sie die Schultern hoch und sah zu Falko auf. Er wirkte nicht nur müde, sondern erschöpft. Sie streckte ihm die Hand entgegen. „Gute Nacht. Wir sehen uns morgen."

Er erwiderte den Händedruck. „Ja, bis nachher."

Als Sophie in ihr Bett kroch, schlief Yannis noch immer. Den Zettel, den sie ihm hingelegt hatte, hielt er allerdings fest in der Hand. Sie schmiegte sich in seine Arme und schlief sofort ein.

Traust du dich?

Am Freitagmorgen leuchtete der Himmel über Aachen stahlblau. Die Schneekristalle auf den Dächern und den Ästen der kahlen Winterbäume gingen, wo die Sonnstrahlen sie erwischten, mit feinem Nebel zuerst in Wasser, dann in Dampf über. Sophie stand am Fenster ihres kleinen Zimmers, in Yannis' Arme geschmiegt, der sie vor einer halben Stunde geweckt hatte. Sie hatte sich in Windeseile angezogen und war dann im Anblick der Nachbarhäuser und der Bäume versunken.

„Das ist wunderschön", sagte er und legte den Kopf auf ihre Schulter.

Sie nickte, dann drehte sie sich zu Yannis um. „Ich hoffe, Niklas und Mia nehmen es als gutes Zeichen." Nervosität ergriff sie. Sie war in den frühen Morgenstunden noch einmal fest eingeschlafen, und Yannis hatte sie schlafen lassen. Um viertel vor zehn mussten sie am Rathaus sein. Sie atmete tief ein und sah auf ihre Armbanduhr. Es war schon viertel vor neun.

„Ich muss wenigstens einen Kaffee trinken, Schatz. Und dann müssen wir auch schon los." Sie war Tim, Mias Friseur, im Nachhinein dankbar dafür, dass er ihre Haare nachgeschnitten hatte. So hatte sie keine Arbeit damit und konnte sie einfach über die Schultern fallen lassen. Ein aufwändiges Styling oder Make-up sparte sie sich, sie war einfach zu müde. Wie Mia wohl aussehen würde? Sie fragte sich, wie lange die beiden noch geredet hatten.

„Lass uns runtergehen. Deine Eltern sind schon fertig. Und ich glaube, sie möchten auch gerne hören, was letzte Nacht los war."

Tatsächlich erwarteten die beiden sie schon in der kleinen Küche. Eine Schale mit Müsli und eine Kaffeetasse standen für Sophie auf dem kleinen runden Tisch bereit. Dankbar setzte sie sich auf die winzige Bank, Yannis setzte sich ihr gegenüber auf den Stuhl. Ihre Eltern blieben stehen, an die Arbeitsfläche gelehnt. Sophies Mutter schenkte ihr einen Kaffee ein.

„Du weißt es noch", sagte Sophie gerührt, als sie sah, dass ihre Mutter das Müsli mit Quark und ein paar Rosinen gemischt hatte, und begann umzurühren. „Liebes, erzählst du uns, was heute Nacht los war?" Ihre Mutter blickte zu Yannis. „Er hat uns schon erzählt, dass du bei Mia warst."

Sophie nahm einen großen Schluck Kaffee und nickte. „Die Panik hat wieder zugeschlagen", sagte sie und berichtete, wie sie und Falko dafür gesorgt hatten, dass die beiden sich treffen und reden konnten. „Wir sind dann gegangen."

Mutter schlug sich die Hand vor den Mund. „Aber das heißt, wir wissen jetzt noch gar nicht, ob ..." Sie verzog die Lippen.

Sophie wollte ihr widersprechen, doch wirklich überzeugt von Mias und Niklas' Mut war sie selbst nicht. Sie zog ihr Smartphone wieder hervor und schob das Müslischälchen von sich. „Wir müssen los", sagte sie, als sie erkannte, dass es inzwischen schon viertel nach neun war. „Wollten wir uns nicht alle um viertel vor zehn vor dem Rathaus treffen? Denkt daran, es ist Weihnachtsmarkt." Sie öffnete WhatsApp und sah zuoberst eine Nachricht von Mias Cousine Camille, die ihr getextet hatte, dass sie dem Rotavirus zum Opfer gefallen war. Begleitet von drei weinenden Smileys hatte sie geschrieben, wie schade sie es fand, nicht dabei sein zu können. Mia hatte sich nicht gemeldet. Sie beschloss, ihr eine Nachricht zu schreiben.

Sophie
*Alles gut bei euch beiden? Wir freuen uns auf euch! Ihr
seid ein Traumpaar!*

Sie tippte auf „Senden". Es wurde nur ein Häkchen
angezeigt. Das bedeutete, dass die Nachricht von ihrem
eigenen Handy versendet, beim Empfänger jedoch
noch nicht angekommen war. Sie zog die Brauen hoch.

„Tja, jetzt können wir nur noch hoffen." Damit schob
sie die Arme in den Mantel, den Yannis ihr hinhielt.

Zehn Minuten später hatten sie einen Parkplatz im
Parkhaus am Dom gefunden, gingen rasch zwischen
den Buden hindurch zum Rathaus und umrundeten es,
um auf die Marktseite zu gelangen. Dort standen die ge-
ladenen Gäste vor der großen Treppe – und wirkten ratlos. Sophie erkannte Greta, die sich aus einem Grüppchen von Gästen löste und auf sie zu kam. Falko, der bei
einem anderen Grüppchen gestanden hatte, entdeckte
sie ebenfalls und kam mit großen Schritten herbei.

„Guten Morgen", sagte Greta und nickte Sophies Eltern und Yannis zu, bevor sie sich an Sophie wandte.
„Weißt du etwas vom Brautpaar? Sie sind noch nicht
da!"

Sophie schüttelte verunsichert den Kopf und sah zu
Falko. Er hatte sich für seinen besten Freund offensichtlich in Schale geworfen. Glatt rasiert und mit Gel
in den Haaren waren die Anzeichen von Müdigkeit
kaum zu erkennen.

Greta sah ihn von der Seite an und wirkte nachdenklich. „Ach, du bist Falko", sagte sie dann und reichte
ihm die Hand. „Greta, eine Freundin von Mia."

„Ich weiß." Er lächelte und erwiderte ihren Händedruck kurz, bevor er sich an Sophie wandte. „Haben sie
sich bei dir auch nicht gemeldet? Ich habe versucht, Niklas mit dem Handy zu erreichen, aber es ist wohl ab-
geschaltet."

Sophie zog ihr Smartphone nochmals hervor und checkte die Nachricht, die sie eben geschrieben hatte. Noch immer kein zweites Häkchen.

„Mias Handy anscheinend auch." Während sie redeten, waren sie langsam zu Mias Eltern und Großeltern weitergegangen. Mias Mutter griff nach Sophies Arm.

„Um Himmels willen, Sophie, weißt du, was los ist? Ich habe nur einen Zettel gefunden, den Mia in unsere Küche gelegt hat. Darauf stand, dass sie zu Niklas wollte. Und in einer anderen Schrift stand darunter, dass alles gut sei."

„Das habe ich geschrieben. Ich wollte nicht, dass ihr euch Sorgen macht. Ich habe Mia gestern nach Hause gefahren. Also heute Morgen, vielmehr."

Mias Oma trat neben ihre Tochter. „Bei den beiden hat sich nichts gemuckst. Wir waren an der Tür. Entweder waren sie schon weg oder sie haben alles ausgeschaltet. Handy, Klingel, alles." Sie schüttelte den Kopf. „Nicht zu fassen!" Dabei wirkte sie eher zornig als besorgt.

Die Gäste vor dem Rathaus, es mochten fünfzig sein, wurden langsam unruhig. „Wir sollen reinkommen", „Es soll losgehen", „Die Standesbeamtin wartet schon", konnte Sophie mehrere Stimmen hören.

„Oh Gott, was machen wir denn jetzt?" Mias Mutter hatte Tränen in den Augen.

Mias Vater, ein großer Mann mit einer kräftigen Stimme, wandte sich an die Gäste. „Geht doch bitte schon mal hinein. Es geht gleich los. Sucht euch einen Platz." Kein Wort darüber, dass das Brautpaar fehlte. Er legte den Arm um seine Frau und drückte sie an sich.

„Typisch", zischte eine Stimme hinter Sophie. Sie drehte sich um und sah eine Frau mittleren Alters, die ihre Haare kräftig rot gefärbt und zu einer Hochfrisur auftoupiert hatte. Erst als sie weiter auf den Mann einredete, dessen Hand sie hielt, erkannte Sophie in ihr die neue Frau von Niklas' Vater. „Die kriegen es hin und versauen auch diese Hochzeit noch. Aber Hauptsache, sie werden im Weißen Saal getraut!" Sie schnalzte mit der Zunge. „Peinlich sowas, oberpeinlich."

Ihr Mann versuchte, sie mit einem leisen Laut zum Schweigen zu bringen. Sie stieß ein abfälliges Grunzen aus. „Wetten, dass Metz ganz flachfällt?"

„Halt jetzt den Mund, Inge", murmelte der Mann und schickte ein entschuldigendes Lächeln in Sophies Richtung.

Die meisten Gäste waren der Aufforderung von Mias Vater gefolgt und in das Rathaus hineingegangen. Von dem Brautpaar noch immer keine Spur. Nur die Eltern des Brautpaares, die Trauzeugen und Yannis standen noch draußen.

Niklas' Mutter kam die Treppe herunter und trat zu Mias Familie. „Ich habe gefragt, was wir machen sollen. Die Standesbeamtin ist sehr nett und sagte, dass sie den Gästen zuerst noch ein paar Dinge über den Weißen Saal und das Rathaus erzählen wird. Aber bis spätestens viertel nach zehn müssen Mia und Niklas aufkreuzen." Sie verzog das Gesicht, als würde sie gleich anfangen zu weinen. „Anscheinend haben die so etwas schon öfter erlebt."

Sophie und Falko hatten ihre Handys noch mal gecheckt, doch nichts erreicht. Sophie hielt Yannis' Hand in der ihren und sah ihn unverwandt an. Er zog eine Braue hoch. Das tut mir so leid, formte er lautlos mit den Lippen und hielt ihre Hand noch etwas fester.

Niklas' Mutter hatte sich zu ihrem Exmann und dessen Frau gestellt. Die drei unterhielten sich flüsternd. „Ich würde mich in Grund und Boden schämen", glaubte Sophie von der Neuen zu hören.

„Es reicht, Inge", sagte ihr Mann. „Niklas ist ein wunderbarer Junge und Mia ist eine toughe junge Frau. Sie müssen irgendwo aufgehalten worden sein."

Plötzlich waren vom Markt her Rufe zu hören und zwischen den Weihnachtsmarktbuden bewegte sich etwas. Die Menschen schienen eine Schneise zu bilden.

„Wir kommen", glaubte Sophie Mias Stimme zu hören. In ihrem Herzen explodierte etwas vor Erleichterung. Ein ganzer Schwarm Schmetterlinge füllte ihren Brustkorb. Gott sei Dank, dachte sie, und dann sah sie auch schon Mias naturrote Haare in der Wintersonne leuchten. Sie trug ihren jadegrünen Hosenanzug und schwenkte einen Brautstrauß mit weißen Blumen, an der Hand Niklas in einem anthrazitfarbenen Anzug. Beide liefen mit freudestrahlenden Gesichtern herbei. Die Leute um sie herum bildeten eine Gasse und klatschten Beifall. Sophie sah, wie übermüdet sie waren, aber noch nie hatte Mia schöner ausgesehen, und Niklas strahlte ebenfalls so sehr, dass der Zweitagebart nicht im Geringsten störte. Im Gegenteil, er verlieh ihm etwas Fröhliches, Piratenhaftes. „Wir sind liegengeblieben", stieß er hervor. „Die Karre hat einfach schlapp gemacht." Er lachte übermütig und Mia kicherte los. Dann löste sie sich von ihm und umarmte Sophie. „Du bist die beste Freundin der Welt. Danke, Sophie!"

„Jetzt rein, ihr habt noch genau drei Minuten", erklang die sonore Stimme von Mias Vater. Er grinste. „Wir gehen vor, ihr kommt dann mit den Trauzeugen." Yannis küsste Sophie auf die Wange. „Bis gleich", flüsterte er und ging mit federnden Schritten die Treppe hoch, immer zwei Stufen auf einmal nehmend.

Das Brautpaar nahm einander bei der Hand. Mia und Niklas sahen sich noch einmal an. „Bereit?", fragte Mia.

„Wenn du es bist." Sie nickten beide und machten gleichzeitig den Schritt auf die erste Stufe.

Fröhlich soll mein Herze springen oder Hochzeit per WhatsApp

Endlich ließen Camilles Bauchkrämpfe nach. Stattdessen kehrte der Hunger zurück. Wie früher, wenn sie als Kind krank gewesen war, hatte sie den ganzen Tag nichts gegessen, sondern nur Tee getrunken. Jetzt verbreitete sich der Duft einer einfachen Hühnersuppe in ihrer kleinen Wohnung. Ihre Mutter hatte sie gestern am frühen Morgen für Camille gekocht. „Damit du schnell wieder zu Kräften kommst", hatte sie gesagt und ihr den Topf durch die offene Tür gereicht, ohne hereinzukommen.

Camille hörte schon den ganzen Morgen klassische Weihnachtslieder und ausgerechnet „Fröhlich soll mein Herze springen" nistete sich als Ohrwurm in ihrem Kopf ein. Sie lag auf der Couch, blickte fast minütlich zur Uhr und stellte sich vor, wie ihre Cousine und Niklas im Weißen Saal des Aachener Rathauses getraut wurden. Ihr Smartphone lag in Reichweite neben ihr, zum einen um keine Nachrichten von „Tom" zu verpassen, der gestern den ganzen Tag nicht von sich hatte hören lassen – Camille hatte sich geschworen, sich nicht als Erste zu melden – und zum anderen um sich von Julien auf dem Laufenden halten zu lassen. Sie hatte ihren Bruder gebeten, per WhatsApp von der Hochzeitsfeier zu berichten, damit sie zumindest ein bisschen Anteil nehmen konnte.

Kurz vor zehn Uhr kam die erste Nachricht.

Julien
Stehen vor dem Rathaus und warten ... auf das Braut-paar!

Nervosität befiel sie. Was hatte das denn zu bedeuten? Sie stand auf und sah nach, ob ihre Suppe bereits heiß genug war. Dann füllte sie sich einen Teller und setzte sich an den kleinen Esstisch, das Smartphone immer in Sicht- und Reichweite. Als es nochmals vibrierte, verschüttete sie beinahe den Löffel Suppe, den sie gerade zum Mund führen wollte.

Julien
10:05 Langsam werden alle nervös.
10:06 Trauzeugen beratschlagen sich.

Dazu hatte Julien ein Foto geschickt, auf dem Sophie und Falko im Gespräch miteinander abgelichtet waren. Bei ihnen stand auch Greta. Außerdem konnte sie am Bildrand einen dunkelhaarigen Mann an Sophies Hand erkennen. Das musste Yannis Jouvet sein. Sie legte den Löffel neben den Teller und wartete gespannt auf die nächste Nachricht.

Julien
10:08 Onkel schickt uns in den Trauungssaal. Kein Wort über Mia und Niklas. Ob sie sich trauen??

Um 10:10 Uhr kam ein unscharfes Foto, von oben aufgenommen, wahrscheinlich von der Treppe herunter. Darauf sah Camille Mia und Niklas, die Hand in Hand auf das Rathaus zurannten. Sie sahen glücklich aus.

Julien
*10:10 Sie sind da. Gleich wird es wohl losgehen. Ich such
mir mal einen guten Platz. Bis später, Schwesterchen!*

Und wieder klang die Melodie vom fröhlich springen-
den Herzen in Camilles innerem Ohr, als sie sich mit
Heißhunger über die Suppe hermachte. Danach tigerte
sie zwischen Herd und Tisch hin und her und wartete
auf eine weitere Nachricht.

Als nach einer halben Stunde eine Nachricht mit dem
Inhalt Done! einging, fiel die Anspannung endlich von
ihr ab.

Sie duschte und zog frische Jeans und einen Pullover
an, anstatt im Jogginganzug herumzulungern wie
schon den gestrigen Tag. Als sie sich mit der Tageszei-
tung auf der Couch niederließ, gedachte sie ihrer Cousine Mia, die jetzt einen Doppelnamen trug. Etwas später bemerkte sie, dass ihr Smartphone von den vielen
Nachrichten und Fotos, die Julien ihr sendete, heiß lief.
Und auch Sophie schickte in den nächsten Stunden einige Bilder von der Feier, die voll im Gange war. Mia
und Niklas sahen glücklich und entspannt aus, aber
auch sehr müde.

Gleich nach der Trauung hatte Julien ihr ein Bild des
Brautpaares auf der großen Treppe vorm Rathaus geschickt, dann eines von davor. Irgendjemand musste
wohl einen Schornsteinfeger engagiert haben; jedenfalls gab es ein Bild, auf dem Mia einen kleinen Mann
in der klassischen Arbeitstracht mit rußbeschmierten
Wangen und einer Leiter über der Schulter küsste.

Sophie schickte ihr Fotos vom Brautpaar und den
Trauzeugen und eines, bei dem Greta und die Eltern
von Braut und Bräutigam neben dem strahlenden Paar
zu sehen waren.

Gretas Fotos zeigten vor allem die Speisen, die auf den
Tischen serviert wurden, und das Kuchenbuffet. Bei

dessen Anblick stellte Camille zufrieden fest, dass sie offensichtlich wieder ganz hergestellt war, denn die Fotos lösten in ihrem Magen keinen Widerwillen aus. Anscheinend war es doch nicht der Rotavirus, sondern nur eine Magenverstimmung gewesen, die sie aus dem Spiel katapultiert hatte.

Camille tippte an alle eine Antwort, in der sie sich für die Bilder bedankte.

Sophie
Es ist wirklich ein schönes Fest. Ich muss dir später erzählen, was heute Nacht los war!

Camille
Darf ich ein Foto von dir und Yannis sehen?

Camille wollte unbedingt genauer wissen, wie dieser Monsieur Unwiderstehlich aussah, von dem sie schon so viel gehört hatte und kurz darauf kam ein Selfie von Sophie Wange an Wange mit Yannis Jouvet. Er sah auffallend gut aus: dunkle Haare, dunkle Augen und ein Lächeln mit Grübchen, die den Eindruck des vermögenden, einflussreichen Geschäftsmanns abmilderten. Etwas in seinen lachenden Augen erinnerte Mia vage an Tom, der vielleicht gar nicht Tom hieß. Sie lächelte versonnen. Dieser Yannis Jouvet war allerdings viel jünger. Sophie und er gaben ein schönes Paar ab.

Camille
Ihr seht glücklich aus, ein richtiges Traumpaar.

Sophie
Danke. Jetzt gibt es Essen! Bis später!

Von Greta kam zur gleichen Zeit ein Foto ihres Vorspeisentellers.

Camille
Guten Appetit! Bist du alleine da?

Greta
Ja, leider. Mein Schatz ist zu einem Notfall gerufen worden. Ich bin jetzt off. Bis später!

Zu einem Notfall? War Gretas Freund Arzt? Camille kramte in ihren Erinnerungen, was Mia ihr von dem Typen erzählt hatte. Ja, Greta hatte ihn über ihre Eltern kennengelernt, die ja beide im Klinikum arbeiteten. Sie zuckte die Schultern. Spätestens in Metz würde sie ihm begegnen.

Sie tippte auf den letzten Chat mit Tom und las ihn noch mal durch. Seit vorgestern Abend hatte er sich nicht mehr gemeldet. Einen Anflug von Ärger konnte sie nicht ganz abschütteln. Aber er war nur ein Flirt, sagte sie sich dann zum wiederholten Male.

Sie hielt ihr Handy noch in der Hand, da begann es rhythmisch zu vibrieren. War es Gedankenübertragung? Tom rief an! Ihr Herz verfiel in Galopp. Sie atmete tief durch, dann nahm sie den Anruf an.

„Hallo." Sie betonte es weder als Frage noch als schmachtende Botschaft à la: Oh, endlich meldest du dich, wenn du wüsstest, wie sehr ich schon auf dich gewartet habe. Sie musste grinsen.

„Camille?" Seine Stimme klang angenehm. Sie glaubte ein wissendes Lachen darin zu hören.

„Ja. Und wer spricht da?" Sie grinste noch breiter. Sollte er sich mal nicht einbilden, dass er ihr neuer Lebensmittelpunkt war.

Er lachte leise. „Das weißt du doch."

„Ach, der Monsieur, der seinen Namen nicht preisgibt?"

„Wieso, du hast ihn doch erraten."

Camille stieß ein abgehacktes Lachen aus. „Du siehst nicht aus wie ein Tom, ganz ehrlich."

„Ach, wieso?"

„Weil du wie ein Horst aussiehst. Und dich auch so benimmst!" Ein schallendes Lachen am anderen Ende der Leitung war die Belohnung. Sie beschloss, dieses Spiel noch weiterzuspielen. „Also, Tom-Horst, ich habe ein paar Dinge zu erledigen. Melde dich wieder, wenn du dich zu deiner Identität bekennst. Au revoir!" Damit legte sie auf.

Zwei Liebeskomödien später war sie immer noch in der überschwänglichen Stimmung, die die Trauung ihrer Cousine, aber auch das Gespräch mit Tom-Horst in ihr ausgelöst hatten. In ihrem Kopf sang Pentatonix in dieser unnachahmlichen Stimmenkombination das Lied von Santa Claus, und Camille, die inzwischen keine Beschwerden mehr hatte, beschloss, den Freitagabend noch für einen kurzen Besuch des Weihnachtsmarkts zu nutzen. Nach der Suppe stand ihr der Sinn nach festerer Nahrung. Und wozu sollte sie sich nachher noch etwas kochen, wenn sie auch auf dem Christkindlmarkt Dinge fand, die sie liebte und mit Weihnachten in Verbindung brachte, seit sie ein Kind gewesen war? Außerdem – sie blickte auf ihre Armbanduhr – würde es nicht mehr lange dauern, bis der Nikolaus über den Dächern des Weihnachtsmarktes seine Schlittenfahrt machte. Also kaufte Camille sich eine Dampfnudel und genoss den warmen Kloß mit Vanillesoße. Pünktlich um sieben Uhr war der Markt überfüllt von Menschen, die nach oben schauten und darauf warteten, dass der Schlitten sich in Bewegung setzte. Die Musik war jetzt überall die Gleiche. „Sleigh Ride" schallte als Instrumentalversion aus den Lautsprechern. Dann bewegte sich der Schlitten mit dem Weihnachtsmann und dem Christkind, das in einer Wolke unterhalb des

Schlittens zu schweben schien, langsam quer über den Sankt Johanner Markt.

Camille lächelte vor sich hin. Was für ein wunderbarer Tag! Sie hatte sich inzwischen damit abgefunden, dass sie nicht in Aachen sein konnte. Zum Glück fühlte sie sich wieder gesund. Wahrscheinlich hatte sie die zwei Tage Auszeit auf der Couch gebraucht, und ihr Körper hatte ihr einfach zeigen wollen, dass die diesjährige Vorweihnachtszeit zu hektisch war. Nachher würde sie zuerst noch mal alle Nachrichten checken, die ihr von der Hochzeit geschickt worden waren, und mit etwas Glück würde sie Mia erreichen. Und vielleicht – ihr Bauch kribbelte vor Vorfreude – ergab sich auch noch die Gelegenheit, Tom-Horst auf den Zahn zu fühlen. Sie schlenderte langsam zur Alten Brücke und erwiderte das freudige Lächeln der Menschen, die ihr entgegenstrahlten. Wie um ihre Freude noch zu steigern, trudelten vereinzelte Schneeflocken herab. Camille liebte weiße Weihnachten, und da es seit dem ersten Schneefall nicht wieder getaut hatte, war immer noch alles weiß und frischer Puderzucker legte sich über die geräumten Straßen. Sie blieb einen Moment auf der Brücke stehen und bewunderte die hohe Mauer vor dem Saarbrücker Schloss, die in ein märchenhaft wirkendes, orange schimmerndes Licht getaucht war. Nur als helle, watteartige Kleckse schimmerten die Gebäude entlang der Franz-Josef-Röder-Straße im durch warmes Laternenlicht aufgehellten Dunkel. Sie legte den Kopf in den Nacken, schloss die Augen und streckte die Zunge heraus, um ein paar der jetzt dichter fallenden Schneeflocken aufzufangen, die sich in ihrem Mund sofort in samtigweiche, winzige Pfützchen verwandelten. Wie Schneeflockenküsse, dachte Camille. Kindheitserinnerungen an Schlittenfahrten und Schneeballschlachten wurden in ihr wach und eine tiefe, zufriedene Ruhe breitete sich in ihr aus.

In ihrer Wohnung angekommen brühte Camille sich etwas später einen würzigen Tee auf und schob ihren Lieblingsweihnachtsfilm Tatsächlich ... Liebe in den DVD-Player. Der passte so gut zu diesem Tag, an dem ihre Cousine ihrer Liebe einen Trauschein verpasst hatte. Sie machte es sich mit ihren flauschigen Teddyhausschuhen und in ihrem Flanellschlafanzug auf der Couch gemütlich. Bevor sie den Film startete, griff sie nach ihrem Smartphone, das sie neben die Tasse auf den Couchtisch gelegt hatte.

Zunächst klickte sie sich durch die vielen Bilder der Hochzeit, die sie in der Zwischenzeit erhalten hatte. Das Paar wirkte entspannt und glücklich. Dann las sie eine längere WhatsApp von Sophie, in der die erste Brautjungfer ihr erzählte, was letzte Nacht geschehen war. Mia und Niklas hatten also doch wieder Angst vor der eigenen Courage gehabt! Sie schüttelte den Kopf. Ob es ihr auch so gehen würde, wenn sie jemals vor der Entscheidung stand, zu heiraten? Sie konnte sich eine Ehe nicht vorstellen, zumal sie weit und breit keinen Mann in ihrem Leben sah, der als Partner in Betracht käme. Nein, auch kein Tom-Horst. Erst recht kein Tom-Horst. Sie kicherte leise.

Der einzige, der jemals einen Gedanken an ein gemeinsames Leben in ihr geweckt hatte, war ein Junge gewesen, den sie als Kind gekannt hatte. Jedes Mal, wenn ihre Familie in die Sommerferien in die Bourgogne aufgebrochen war, hatte sie sich auf Samir gefreut und die Sommertage mit ihm verbracht. Aber das hatte aufgehört, als Samir von zu Hause weggegangen war. Er war damals ein junger Mann, sie noch ein Teenie gewesen. Es war ihr schwergefallen, aber sie hatte akzeptieren gelernt, dass der vier Jahre ältere Junge ihrer Freundschaft entwachsen war. Er hatte ein Studium begonnen, und obwohl sie einander anfangs noch Mails geschrieben hatten, war der Kontakt irgendwann einfach eingeschlafen. Mit dem Tod ihres leiblichen Vaters ein Jahr später hatten auch die Ferien in der Bourgogne aufgehört und waren dann durch Reisen nach Italien, der Heimat von Roberto, abgelöst worden. Camille atmete tief ein und aus. Samir Faure. Wo er jetzt wohl lebte?

Mit einem Blick auf die Uhr entschied sie, dass sie einen Anruf bei Mia wagen wollte und tippte ihre Nummer an.

Nach dem dritten Läuten war sie am Apparat. „Camille! Wie schön, dass du dich meldest, wir haben gerade von dir gesprochen. Wir sitzen noch ein bisschen bei meinen Eltern zusammen. Julien und deine Eltern sind auch da." Camille hörte im Hintergrund einen vielstimmigen Gruß.

Sie lachte. „Ich habe schon so viel gehört und etliche Bilder gesehen. War es schön?"

„Ja, Camille. Das war es." Mia kicherte. „Dann hast du bestimmt auch schon von unserer, na ja, Panikattacke gehört?"

„Ja, allerdings. Die Kurzversion."

„Es gibt keine lange. Wir haben es mit der Angst zu tun bekommen, und das war's." Mia hörte sich übermütig an. Camille konnte sich bildlich vorstellen, wie sie in diesem Moment Niklas ansah, und sie glaubte, dessen Lächeln vor ihren Augen zu sehen. „Alles wurde gut, sobald wir wieder zusammen waren. Was sollen all diese Bräuche, ich pfeife drauf. Vor der Ehe getrennt voneinander schlafen – das hätte uns beinahe wieder auseinandergebracht."

„Es ist ja noch mal gut gegangen", hörte Camille die Stimme ihrer Oma.

„Jetzt freuen wir uns auf die kirchliche Trauung. Und denk daran, Camille. Du hast es versprochen!"

„Dass ich da sein werde? Aber sowas von! Ich freue mich wahnsinnig darauf. Und dir und Niklas nochmals herzlichen Glückwunsch!"

„Danke sehr! Und was macht dein Virus? Hast du ihn im Griff?"

„Ja, ich habe das Schlimmste überstanden. Anscheinend war es nur eine Magenverstimmung, sonst könnte ich jetzt nicht wieder so fit sein!"

„Das ist schön, auch wenn es echt blödes Timing war." Camille hörte einen tiefen Atemzug. Mia schien ein Gähnen zu unterdrücken. „Wir gehen jetzt auch heim. Nach der letzten Nacht sind wir beide k. o. Ob wir überhaupt noch die Hochzeitsnacht durchziehen werden?" Sie lachte hell.

„Na, ihr habt ja in zwei Wochen noch eine", sagte Camille trocken und lachte. „Schlaft gut, ihr beiden! Ich hab euch lieb, das wisst ihr, oder?"

„Danke, Camille. Ja, das wissen wir."

Nach dem Gespräch ließ Camille den Finger eine Weile über dem Icon von WhatsApp schweben. Es zeigte eine neue Nachricht an, die während des Telefonats eingegangen sein musste.

Tom-Horst
Hast du mich noch nicht lange genug zappeln lassen? Du hast Prinzipien, oder, belle Camille?

Sie sah nach der Uhrzeit. Seit ihrem Telefonat waren mehr als acht Stunden vergangen.

Camille
*Nein, wieso? *augenaufschlag**

Tom-Horst
Uh, dieser Augenaufschlag ...

Camille
Was ...?

Tom-Horst
Ich möchte dich sehen!

Ups! In ihrem Bauch zog es wohlig. Ob seine starke Wirkung auf sie an ihrer etwas rührseligen Allgemeinverfassung lag?

Camille
Wer?

Tom-Horst
Ich, der Ritter in der schimmernden Rüstung.

Camille
Pah!

Tom-Horst
Wie, pah?

Camille
Ritter? Tom Riddle ist alles, aber kein Ritter. Und Horst erst recht nicht, wo wir schon dabei sind.

Tom-Horst
Aber dieser Mann, der gerade mit wundem Herzen Nachrichten an seine Holde eintippt, ist ein Ritter.

Camille
Wenn schon, dann höchstens ein Scheinritter!

Tom-Horst
Ein Ritter mit Schein, meinst du?

Camille
Zum Schein.

Tom-Horst
*Das werdet ihr erst wissen, Mylady, wenn ihr mir er-
laubt, meine Echtheit zu beweisen. Was soll ich tun? Einen Drachen erlegen?*

Camille
*Fürs erste fände ich es schon mal ein Zeichen mindes-
ter Kühnheit, wenn ich den Namen dieses Pseudorit-
ters erfahren dürfte.*

Tom-Horst
Aber den wisst ihr! Es ist Tom.

Camille
Und der Nachname?

Tom-Horst
Riddle

Sie schickte ihm den Smiley mit den rollenden Augen. Sie sah, dass er schrieb, und wartete auf die
nächste Nachricht.

Tom-Horst
Für den Anfang sollte das genügen.

Camille
*Welchen Grund gibt es, mir deinen echten Namen vor-
zuenthalten, kannst du mir das mal sagen? Das ist kin-
disch und nichts als selbstverliebte Koketterie.*

Tom-Horst
Ich schmelze dahin ob Ihres Wortschatzes, Camille.

*Koketterie – welch wunderbar nostalgisches Wort!
Wenn du nach Aachen kommst, verrate ich dir alles
über mich. Jede noch so kleine Kleinigkeit. Nichts soll
deinen wissbegierigen Augen verborgen bleiben ...*

Er wusste genau, was er tat! Aber das konnte sie auch.
In ihrem Innern fraß außerdem der Zweifel. War dieser
Mann es wert, dass sie sich mit ihm auseinandersetzte?
Würde sie es schaffen, mit ihm lediglich eine virtuelle
Bekanntschaft zu führen? Sie durfte einfach nicht den
Fehler machen, sich in ihn zu verlieben. Andererseits –
wie sollte das passieren, wo sie ihn nur ein einziges Mal
gesehen hatte? Sie brauchte sich nur vor Augen zu füh-
ren, dass er über vierzig und nicht gerade ein Schönling
war. Außerdem wollte er ihr nicht sagen, wie er hieß.
Alles gute Gründe, die gegen ihn sprachen. Warum er
trotzdem von morgens bis abends in ihrem Kopf her-
umspukte? War das vielleicht die schlichte sexuelle Anziehungskraft zwischen einem Mann und einer Frau?
Sie wusste es nicht. Ihre bisherigen Erfahrungen mit
Männern hatten im realen Leben stattgefunden.

Camille
*Und wenn meine Augen das alles gar nicht sehen wol-
len?
Und überhaupt: „kleine" Kleinigkeiten?*

Sie grinste, als sie auf „Senden" tippte. Er schickte den
Smiley, der Tränen lachte. Immerhin begann er nicht
von Größenordnungen bestimmter Körperteile zu sprechen. Das war ein Punkt für ihn.

Tom-Horst
*Ich muss Schluss machen.
Gibt es denn eine Chance, dass du doch bald nach
Aachen kommst? Oder muss ich tatsächlich einen*

Vorwand erfinden, der mich nach Saarbrücken führt und in den Ohren meiner Kollegen plausibel klingt? Falls nötig, lasse ich mir etwas einfallen.

Camille hielt den Atem an. Ihr Herz wummerte los. Meinte er es ernst? Da kam eine neue Nachricht.

Tom-Horst
Habe ich das tatsächlich geschrieben?
Erstaunlich, Camille! Du gehst mir seit Tagen nicht mehr aus dem Kopf. So, jetzt ist es raus. Ich möchte dich gern wiedersehen. Aber nun muss ich aufhören. Bis bald!

Langsam ließ sie die Luft entweichen. Was bedeutete das alles? War er etwa … Sie schüttelte sich leicht, bevor sie den Gedanken weiter denken wollte. Sollte dieser Mann am Ende eine neue Chance für sie bedeuten? Aber warum sagte er nicht, wer er war? Da war doch etwas faul. Wahrscheinlich war er verheiratet. Das musste es sein.

Camille
Sag mir zuerst, ob du verheiratet bist, bevor wir überhaupt weiter reden. Und deinen Namen!

Sie erwartete nicht, dass er antworten würde, und behielt recht. Sie tat, was sie sich vorgenommen hatte, und sah die DVD an.

O du fröhliche!

Mia schwebte auf Wolken. Sie und Niklas waren jetzt ein Ehepaar! Die Trauung im Weißen Saal war wunderschön gewesen. Die Standesbeamtin hatte wegen der Verspätung keine großen Worte gemacht. Wahrscheinlich war es die schnellste Trauungszeremonie, die sie jemals veranstaltet hatte, weil das nächste Paar pünktlich da war und sicher nicht eine Viertelstunde warten wollte. Aber das hatte dem Dauerlächeln in Mias Gesicht nichts anhaben können. Sie und Niklas hätten den ganzen Tag ununterbrochen lachen können.

Sie hatten die Nacht zuvor – die Horrornacht, wie sie sie inzwischen liebevoll nannten – durchmachen wollen. Nachdem Sophie und Falko sie beide in den frühen Morgenstunden wieder zusammengeführt hatten, mussten sie einfach reden, reden, reden. Beide bekamen ihre Panik damit am besten in den Griff. Sie hatten sich aneinandergekuschelt und dann doch den alten Brauch, in der Nacht vor der Ehe nicht zusammenzukommen, eingehalten. Wie Bruder und Schwester hatten sie sich gegenseitig Halt gegeben und einander bestätigt, dass sie das Richtige taten. Und dann waren sie eingeschlafen. Dummerweise hatte keiner von beiden daran gedacht, einen Wecker zu stellen.

Als es an der Tür klingelte, war Mia aufgewacht und hatte verschlafen auf die Uhr geschaut. Halb zehn! Sie waren beide aus dem Bett gesprungen, hatten die Türklingel ignoriert und sich in Windeseile fertig gemacht. Niklas verzichtete auf eine Rasur, Mia begnügte sich mit einer Katzenwäsche und bürstete ihr Haar, bis es glänzte. Sie hatten einander geholfen, die Anzüge anzuziehen, und darauf geachtet, dass alles saß. Dann war das Auto einfach ausgegangen, mitten auf dem Weg von Walheim nach Aachen. Vielleicht wegen der Kälte. Erst da hatte Mia ihr Handy wieder eingeschaltet und die vielen verpassten Anrufe und Nachrichten gesehen. Sie riefen ein Taxi, und der Rest war Geschichte. Sie hatten sich getraut!

Noch immer prickelte Mias Brust vor Glück, wenn sie an den Moment dachte, in dem Niklas ihr den Ring auf den Finger geschoben hatte. Und der erste Kuss als Mann und Frau war genauso intensiv gewesen wie ihr allererster Kuss, den sie sich auf den Tag genau fünf Jahre zuvor gegeben hatten.

Niklas musste in der Woche arbeiten, weil er mit ihrer Flitterwochenreise im Sommer seinen Urlaub bereits aufgebraucht hatte. Aber zwischen Weihnachten und Neujahr hatte seine Firma Betriebsferien. Mia arbeitete auch bis Weihnachten durch. Sie liebte ihre Arbeit als Floristin in der Adventszeit. Für die Hochzeit in Metz war alles geplant, also konnte sie diese Tage auch mit der Arbeit an ihren geliebten Blumen verbringen.

Am Montagnachmittag kam eine WhatsApp von Greta, die nur aus einem Wort bestand: Geschieden!

Dahinter prangte ein Emoji mit angstvoll aufgerissenen Augen und eines, das Tränen lachte. Seltsam. Hatte Greta Angst vor dem, was jetzt kam? Carlo war endlich frei für sie. Aber vielleicht war an Mias Vermutung, dass Greta sich mehr oder weniger unbewusst immer in Männer verliebte, die gebunden waren, doch etwas dran. Jetzt musste Greta sich mit der Frage auseinandersetzen, ob sie wirklich eine gemeinsame Zukunft mit Carlo sah. In Mias Brust zog sich etwas zusammen. Eine Regung, die sie sich nicht erklären konnte. Lag es daran, dass sie diesen Carlo nicht mochte? Aber es sollte doch keine Rolle spielen, ob sie den Partner ihrer

Freundin sympathisch fand, oder? Mia zuckte die Schultern. Sie würde Carlo in Metz näher kennenlernen und dann würde sie auch ihre Vorurteile ausräumen können. Hoffentlich. Ihr Finger schwebte über dem Handy. Wie reagierte man auf so eine Nachricht – mit einem Glückwunsch?

Erst, als eine Antwort von Camille einging, bemerkte sie, dass Greta die Nachricht in der Brautjungferngruppe gepostet hatte.

Camille
Geht es dir gut?

Greta
Ich glaube, ja. Carlo ist jetzt frei!
Wir tauchen dann mal ab. Am Donnerstag bin ich wieder zurück. Ich werde hier nur kommentieren, wenn es etwas wirklich Wichtiges gibt. Ansonsten werde ich sehr beschäftigt sein. Bis bald, Mädels! Wir sehen uns bei der Hochzeit!

Mia
Habt Spaß!

Die Vorweihnachtstage flogen nur so dahin. Mia empfand sie wie einen süßen Traum, der sich auf einen wundervollen Höhepunkt zubewegte. Es war eine verzauberte Zeit für sie, bis am Donnerstagabend das Festnetztelefon läutete. Im ersten Moment erkannte Mia die Stimme am anderen Ende nicht. Erst als der Anrufer seinen Namen nannte, wusste sie, wen sie dran hatte. Olli, ihren Onkel in Meißen.

„Mia, ich bin mir nicht sicher, ob ich zur Hochzeit kommen kann." Seine Stimme klang niedergeschlagen.

Sie erschrak. „Aber du musst doch die Rede halten. Was hast du denn?"

„Windpocken."

„Wie bitte?", kreischte sie ins Telefon.

Er lachte bitter. „Ja, kaum zu glauben. Hier grassieren die Windpocken. Ich muss mich in der Schule angesteckt haben. Ich dachte all die Jahre, ich hätte sie als Kind schon gehabt. Anscheinend war das ein Irrtum."

„Aber schlagen die Windpocken bei Erwachsenen nicht richtig schlimm zu?" Mia meinte, sich an einen Bericht zu erinnern, den sie darüber mal gelesen hatte.

„Allerdings. Alte Männer sollten sich nicht mit Kinderkrankheiten herumplagen. Ich bin in Quarantäne. Eine Woche darf ich nicht raus."

Mia rechnete im Kopf schnell nach. „Dann darfst du nächste Woche Mittwoch wieder ...?"

„Theoretisch ja. Ich habe mit dem Doc vereinbart, dass er mich an Weihnachten noch mal untersucht. Es wird knapp, Mia, verdammt knapp."

„Onkel Olli, ich hoffe wirklich, dass du kommen kannst. Es wäre so schade, wenn du es nicht schaffst! Aber natürlich ist es wichtiger, dass du gesund wirst." Sie verzog den Mund. Auf seine Rede freute sie sich schon, seit er zugesagt hatte. Sie sandte ein Stoßgebet zum Himmel. „Du wirst rechtzeitig gesund werden!"

„Wenn du es sagst." Er lachte, doch es klang müde. „Ich lege mich wieder hin. Diese juckenden Pusteln treiben mich in den Wahnsinn! Gute Nacht, Mia."

„Gute Nacht", antwortete sie und blickte auf die Uhr: Es war gerade mal sieben. Niklas war noch mit Falko unterwegs, der sich einen kurzen Urlaub von der Uni gönnte und bei seiner Familie in Aachen wohnte. Er hatte Niklas gefragt, ob sie sich auf ein Bier treffen könnten. Anscheinend lief mit seiner Dissertation etwas nicht wie erhofft.

Sie brauchte jemanden zum Reden, jemanden, der ihre gerade erschütterte Leichtigkeit und Vorfreude wieder zurückbrachte. Greta hatte sich noch nicht aus dem Kuschelurlaub mit ihrem Carlo zurückgemeldet. Blieben Camille oder Sophie. Sie dachte einen Moment nach, wer von den beiden um diese Uhrzeit eher zu erreichen war, und entschied sich für Sophie. Die hatte donnerstags normalerweise am Nachmittag Schluss. Sie tippte ihre Nummer auf dem Smartphone an.

„Hallo, Mia, was gibt's?" Im Hintergrund hörte sie Stimmengewirr. Sophies Stimme klang angespannt.

„Störe ich?"

„Es passt gerade nicht so gut." Die Geräuschkulisse nahm ab. „Aber ein paar Minuten gehen schon. Schieß los."

„Es ist nicht sicher, ob Onkel Olli kommen kann. Er hat die Windpocken!"

„Onkel Olli? Ah, das ist der mit der Rede." Sophie hörte sich an, als sei sie nicht ganz bei der Sache.

„Sophie, was ist los bei dir? Alles okay?"

Ein Seufzen erklang. „Es ist extrem stressig gerade. Und Yannis –" sie brach ab.

„Habt ihr Krach?" Mia wusste zwar nicht genau weshalb, aber der Gedanke alarmierte sie.

„Nicht direkt. Seine Nerven liegen blank. Er sagt, ich würde dauernd seine Pläne durchkreuzen."

„Pläne durchkreuzen? Was meint er denn damit?"

„Wenn ich das wüsste! Es scheint ihm jedenfalls wichtig zu sein, aber so richtig rückt er nicht mit der Sprache raus. Er sagt, wir haben keinen ruhigen Moment miteinander." Sie stieß ein leises Lachen aus. „Immerhin schlafen wir jede Nacht bei ihm oder bei mir. Er kann sich also nicht beschweren, dass wir keine Zeit zusammen hätten."

„Eigenartig", sagte Mia. Zogen da etwa Wolken am Horizont herauf?

„Ach, er wird sich schon wieder einkriegen. Ich muss aufhören, hier ist Hochbetrieb. Ciao." Damit legte sie auf.

Mia verzog den Mund. Das hörte sich alles nicht so prickelnd an. Kurzerhand wählte sie Camilles Nummer.

„Mia?"

„Ja. Geht es dir gut, hast du ein bisschen Zeit?"

„Ja, ich bin auf dem Heimweg. Stehe gerade auf der Wilhelm-Heinrich-Brücke und bestaune den Winterhimmel über der Saar. Ist das Wetter bei euch auch so schön eiskalt und klar?"

Gott sei Dank, wenigstens Camille hörte sich gut an.

„Ja, und es soll in der ganzen Region so bleiben. In Metz auch, ich habe den Wetterbericht gecheckt."

„Rufst du aus einem bestimmten Grund an?"

„Ja, schon. Es ist nicht sicher, ob Olli zur Hochzeit kommen kann. Er hat die Windpocken."

Camille sog zischend die Luft ein. „Oh, gar nicht gut! Windpocken können bei Erwachsenen böse Komplikationen mit sich bringen. Mist, und die Rede?"

„Tja, wenn ich das wüsste. Die muss dann jemand anderes halten. Bloß wer? Mein Vater weigert sich von Anfang an. Er meint, so eine Rede sei ja kein Muss."

„Da hat dein Vater recht, ein Muss ist es natürlich nicht. Aber schön wär's schon."

Ein Gedanke erwachte in Mia. Zögernd sagte sie: „Meinst du, dass du vielleicht ...?"

„Ich? Etwa die Rede halten? Wie kommst du denn auf die Idee?"

„Du kannst so toll formulieren und außerdem spielst du doch Theater. Bestimmt könntest du das auch so gut wie Onkel Olli." Während sie es sagte, erwärmte Mia sich für die Idee. Sie stellte sich Camille in ihrem gelben Kleid vor und war sich auf einmal ganz sicher, dass ihre Cousine das konnte.

„Hm. Theaterspielen ist doch etwas ganz anderes. Da performt man einen Text spielerisch."

„Und wenn ich dir Ollis Rede zukommen lasse? Bitte, Camille, es ist ja nur für den Notfall. Er will versuchen, da zu sein."

„Hm … ja, das ginge schon", grummelte sie. Mia musste lachen. Typisch Camille.

„Du bist ein Schatz! Sag mal, ist bei dir alles gut? Sind die Rotaviren alle wieder eingedämmt?"

„Ja, die sind auf dem Rückzug. Die Kranken sind wieder gesund. Mir kommt für die Hochzeit jedenfalls nichts dazwischen, du kannst dich auf mich verlassen."

„Du hörst dich auch gut an."

Camille lachte. „Mir geht's grad richtig gut. Ich freu mich total. Und …", sie machte eine kleine Pause, „ich habe so viel Spaß wie lange nicht mehr."

„Ein Mann?"

„Ja. Aber nur platonisch. Es ist eine Art Brieffreundschaft … also eher eine WhatsApp-Freundschaft."

„Jemand, den du im Internet kennengelernt hast?" Mia runzelte die Stirn.

„Nein, es ist der Typ, der mir vorletzte Woche geholfen hat, als ich auf dem Weg nach Aachen liegengeblieben bin."

„Echt jetzt?" Na immerhin, dieser Typ war echt und Camille war ihm im wahren Leben begegnet. Mia erinnerte sich an die zarte Röte auf den Wangen ihrer Cousine, als sie von ihrem Retter erzählt hatte. „ Aber ihr schreibt euch auf WhatsApp? Welche Art Texte?"

„Eigentlich ist es nur Flirterei, und wir geben nur sehr wenig Infos über uns selbst heraus." Sie lachte ausgelassen. „Schon verrückt. Ich bin mir nicht mal sicher, ob er mir seinen richtigen Namen genannt hat. Angeblich heißt er Tom."

„Warum glaubst du denn nicht, dass das stimmt? Ist doch ein ziemlich verbreiteter Name."

„Irgendwie kann ich es ihm nicht glauben. Er wollte nicht mit seinem Namen herausrücken – ich habe ihn nur erraten. Er hat eine Anspielung gemacht, die zu Harry Potter passte, und so kam ich auf Tom Riddle, Du-weißt-schon-wer."

„Ah, ein Harry-Potter-Fan? Das macht ihn gleich doppelt sympathisch."

„Ja, schon. Aber ein bisschen misstrauisch bin ich trotzdem. Er hält mich hin."

„Inwiefern? " Mia hatte sich auf die Couch fallen lassen und die Füße auf den niedrigen Tisch gelegt. Sie wackelte mit den Zehen in ihren Kuschelsocken. Sie musste daran denken, vor der Hochzeit die Nägel frisch zu lackieren.

„Er liebt es genauso, mit Worten zu spielen, wie ich. Und er flirtet wie der Teufel."

„Na, darin bist du ihm ja kein bisschen unterlegen. Ich sag ja, du kannst gut mit Worten und solltest dir das mit der Rede überlegen. Und warum bist du misstrauisch? Solange du ihm nichts versprichst, was dich in Gefahr bringen könnte ..." Sie brach ab. „Quatsch, du bist erwachsen, und außerdem hast du ihn ja schon mal gesehen. Also, vergiss das mit der Gefahr. Ich meine, du machst genau das Richtige, Camille."

„Hm, schon. Es prickelt auch ganz schön, obwohl wir uns nur diese WhatsApps schreiben. Und einmal haben wir telefoniert. Er hat eine angenehme Stimme."

Mia seufzte wohlig. „Weißt du, ich bin gerade so glücklich mit meinem Ehemann", sie sprach das Wort oft und gern aus, „dass ich jedem wünsche, auch so viel Glück zu haben. Ich wünsche dir so, einen Mann zu finden, den du lieben kannst."

„Pfff, Mia, hör dir mal selbst zu! Du sprichst ja schon wie Oma! Ich brauche keinen Mann, um glücklich zu sein. Das weißt du doch."

„Okay", Mia kicherte. „Dann eben einen, um Spaß zu haben."

„Du jetzt wieder.“ In Camilles Stimme klang ein Lachen mit. „Na, jedenfalls frage ich Olli mal nach seiner Rede und ob es ihm recht ist, wenn ich notfalls für ihn einspringe. Er kann sie mir ja per Mail schicken.“

„Danke, Camille! Ich wusste, dass ich mich auf dich verlassen kann. Du bist meine absolute Lieblingscousine!“

Camille lachte hell auf. „Ich bin deine einzige Cousine, Scherzkeks.“

„Sag ich ja. Bis bald, Lieblingscousine!“

Mia legte auf. Ein Glück, für die Rede war ein Plan B gefunden. Hoffentlich gab es nicht noch mehr unangenehme Nachrichten vor der Hochzeit.

Und dann war sie da, die verheißungsvolle Zeit. Heilig Abend feierten Mia und Niklas mit Mias Familie in Hahn. Sie besuchten gemeinsam die Christmette im Dom und ließen sich das Weihnachtsessen schmecken, das Oma in diesem Jahr ganz alleine hatte machen wollen. Keiner von ihnen wisse, ob sie im nächsten Jahr noch dieselbe Anzahl Menschen wären, hatte sie gesagt. Dann würde es vielleicht ein ganz anderes Weihnachtsfest werden. Außerdem hätte Mia mit der Hochzeitsfeier in Metz schon genug um die Ohren.

Es war ein schöner Weihnachtsabend, den Niklas und sie in vollen Zügen genossen. Niklas hatte Weihnachten fürchten gelernt, als seine Eltern sich vor vielen Jahren ausgerechnet am Fest der Liebe getrennt hatten. Mia wusste, dass er deshalb den Gedanken, in der Weihnachtszeit kirchlich zu heiraten, umso schöner fand. Seine Mutter Elsa, die sich seit ihrer Scheidung nicht mehr auf eine Beziehung eingelassen hatte, hatte die beiden für den ersten Feiertag eingeladen. Ihre beste Freundin war zu Besuch und es würde einen Brunch geben.

Einen Dämpfer bekam ihre gute Laune, als Mia und Niklas am Montagmorgen das Haus verließen. Auf dem Weg zum Auto klingelte Mias Handy. Sie zog es aus der Tasche – Markus, der Sänger der kleinen Band, die sie für die Hochzeit engagiert hatten. Ihr rutschte das Herz in die Hose.

„Hallo, Markus, fröhliche Weihnachten", meldete sie sich.

„Danke", krächzte es an ihrem Ohr. „Dir auch!"

Mia warf Niklas einen panischen Blick zu, der ihr gegenüber auf der Fahrerseite stand und den Wagen aufschloss.

„Mia, ich kann nicht auftreten. Kehlkopfentzündung!" Markus' Stimme war mehr ein Flüstern.

„Oh nein, Markus, tu uns das nicht an!"

„Es tut mir so leid, Mia", wisperte er. „Ich habe schon alle angefragt, die ich kenne und die für mich einspringen könnten. Nichts zu machen." Ein trockener Huster unterbrach ihn.

„Und Instrumentalmusik? Wenn ihr nur spielt, ohne zu singen?" Das wäre zwar nicht das Gleiche, aber … Mias Gedanken begannen sich langsam wie ein Windspiel in ihrem Kopf zu drehen. Sie hatte sich so auf Livemusik und Tanz gefreut! Und der Tanzkurs mit Niklas, den sie im Sommer besucht hatten, damit sie den Brautwalzer unfallfrei hinbekämen? Sie wollte nicht zu Musik vom Band tanzen. Die Hochzeit sollte doch perfekt sein!

„Es geht leider nicht, ich muss im Bett bleiben, und Kurt ist auch ausgeknockt. Er liegt mit beginnender Lungenentzündung im Krankenhaus."

„Verdammt, was habt ihr denn gemacht?" Mia konnte den Vorwurf in ihrer Stimme nicht ganz unterdrücken.

„Ist doch egal, Mia. Wir können nicht. Es tut mir unsagbar leid."

Niklas war um den Wagen herumgekommen und nahm Mia das Handy aus der Hand. „Ist schon gut, Markus. Gute Besserung! Ciao." Er legte auf, dann zog er Mia in die Arme. „Lass uns zu Mutter fahren und uns dort beratschlagen. Wir finden eine Lösung.“

„Ich schätze, das Problem ist die Kurzfristigkeit. Und Metz“, sagte Niklas’ Mutter. Sie saßen zu viert am Tisch, im Hintergrund liefen Weihnachtslieder, die von großen Stars interpretiert wurden. „Ihr braucht die Band schon für übermorgen – und es ist Weihnachten. Ich denke mal, dass die Fahrt von fast drei Stunden ein zusätzliches Problem ist.“

Mia seufzte. „Und wir sind morgen ja alle schon auf dem Weg. Ich weiß wirklich nicht, woher ich jetzt noch eine Band kriegen soll.“

Niklas butterte bedächtig sein Brötchen. „Wenn es gar nicht anders geht, packen wir PC und Verstärker ein und spielen unsere Playlists.“ Er warf Mia einen Blick zu. „Ich weiß, das ist nur ein ganz mieser Ersatz …“

„Aber habt ihr mal eure Freundin in Metz gefragt?“ Elsas Freundin Luise blickte zwischen ihnen hin und her. „Ich hatte bei der standesamtlichen Trauung das Gefühl, dass Sophie ziemlich energisch sein kann. Sie und Yannis sitzen noch dazu an der Quelle. Ich meine, die leben in Metz!“

Mia legte sich etwas Lachs auf ein Stück Weißbrot und strich eine dünne Schicht süßen Feigensenf darüber. „Ja, aber Sophie war gestern Abend in Saint-Tropez und ich glaube kaum, dass sie heute ansprechbar ist.“ Sie biss zu und kaute. „Außerdem“, sie schluckte die restlichen Krümel, „hat sie mir vor ein paar Tagen gesagt, dass Yannis wohl ein bisschen schlecht gelaunt ist, weil wir ihm mit unserem Hochzeitsgedöns einen Strich durch seine Pläne gemacht hätten.“ Sie runzelte die Stirn. So hatte sie es nicht ausdrücken wollen. „Also, nicht dass er auf uns sauer ist oder so. Aber er hat wohl irgendwas im Sinn und das läuft nicht so, wie er es sich vorgestellt hat.“

„Nun", meinte Luise, „da sind sie nicht die Einzigen.
Und in Frankreich wird Weihnachten ja ein bisschen
anders gefeiert. Der soll sich mal nicht ins Hemd machen. Du bist die beste Freundin seiner Liebsten."

Mia lachte. „Wenn du wüsstest, wie wenig Ins-Hemd-
machen zu Yannis Jouvet passt."

Luise stimmte in ihr Lachen ein. „Da gebe ich dir
recht." Sie zwinkerte Elsa zu. „Ein Grund mehr, auf
seine Laune keine Rücksicht zu nehmen, oder?"

„Wer möchte noch einen Kaffee?" Elsa erhob sich und
füllte Niklas' und Mias Tassen an dem Schweizer Auto-
maten wieder auf. „Nun", sagte sie, während sie den
beiden ihren Kaffee hinstellte und sich auf ihren Stuhl
sinken ließ, „ich stimme Luise zu. Mindestens deinen
Brautjungfern solltest du das Ganze schildern. Vielleicht hat eine von ihnen eine Idee. Sie sind immerhin
zu dritt und", sie lächelte breit, „ich finde, sie sind ein
recht patenter Haufen." Sie brach in schallendes Lachen aus. „Gedenkminute für Uromas Lieblingswort",
murmelte sie. Niklas grinste.

„Du hast recht." Mia zog ihr Smartphone aus der Tasche, die an der Rückenlehne ihres Stuhls hing, tippte
auf das Icon für WhatsApp und suchte nach der Brautjungferngruppe. Bevor sie sie antippte, sah sie Niklas
an. „Ich füge dich der Gruppe hinzu, dann bist du auf
dem Laufenden."

Niklas nickte und zog sein Handy ebenfalls heraus.
„Und Falko vielleicht auch, oder? Ich habe seit Donnerstag nichts mehr von ihm gehört." Er runzelte die
Stirn und tippte auf das Handydisplay. „Warte", er
stand auf. „Bitte entschuldigt mich eine Sekunde, ich
muss ihn anrufen." Ohne auf ihre Reaktionen zu achten, verließ Niklas das Esszimmer. „Was war das denn?"
Seine Mutter sah zu Mia, ihr Blick wirkte besorgt.

„Oh je, ich weiß nicht. Irgendwas läuft bei Falko nicht
rund. Ich dachte eigentlich, es hätte mit seiner

Dissertation zu tun." Das schale Gefühl in ihrem Magen, das seit Markus' Anruf da war, verstärkte sich noch. „Wir müssen warten, bis er zurück ist. Ich schreibe jetzt den Mädels erst mal, dass unsere Musik flachfällt. Ich hoffe, sie finden eine Lösung." Sie legte ihrer Schwiegermutter eine Hand auf den Unterarm. „Sorry, dass wir dir den Brunch verderben, Elsa!"

„Ach was", Elsa winkte ab. „Schaut, dass mit der Hochzeit alles glattläuft. Ihr verderbt uns gar nichts, oder, Luise?"

Luise schüttelte den Kopf. „Schreib ruhig, Kind."

Mia begann in die Chatzeile zu tippen.

Mia

Frohe Weihnachten! Hier Schocknachricht! Wir haben für Mittwoch keine Band. Hat jemand eine Lösung? Haben hier schon herumtelefoniert, keiner kann. Bitte sagt mir, dass ihr jemanden kennt, der jemanden kennt. Sophie, du vielleicht vor Ort? (Seid ihr überhaupt schon zurück?)
Und sorry, ich weiß, ich verlange Unmögliches von euch!!!

Camille

Nichts ist unmöglich, es geht um eure Hochzeit – und ich will tanzen!
Was ist denn passiert? Ich telefoniere mal herum. Vielleicht kann jemand.

Mia

Danke! Sänger Markus hat Kehlkopfentzündung, Schlagzeuger hat Lungenentzündung!
Weiß der Deibel, was die getrieben haben.

Greta
*Oh Mist! Ich kenne wohl keinen, den du nicht schon
angerufen hast, oder, Mia?*

Sophie
*Verflixt! Süße, ich bin noch in Saint-Tropez, aber ich
rede gleich mal mit Yannis. Vielleicht geht ja was in
Metz. Wir machen uns in zwei Stunden auf den Weg
zum Flieger. *bibber**
*Falls wir nichts finden, müssen wir eben Musik aus der
Konserve nehmen.*

Mia blickte auf, weil sich die Tür öffnete und Niklas
wieder hereinkam. Er setzte sich. Sein Blick wirkte verzweifelt. Mia ließ das Smartphone sinken.

„Was ist geschehen?"

Niklas rieb sich über die Augen. „Falko hat abgesagt."
Seine Stimme klang tonlos.

„Was? Das kann er doch nicht machen!"

„Anscheinend doch. Er ist unterwegs nach München.
Mit der Bahn."

„Moment mal", sagte Elsa. „Was fällt ihm ein? Die
Hochzeit seines besten Freundes sagt man nur ab,
wenn man stirbt oder einem das Dach über dem Kopf
abbrennt."

„Für ihn ist es wohl sowas Ähnliches." Niklas schüttelte wie in Zeitlupe den Kopf. Es wirkte, als könne er
nicht glauben, was er gerade erlebte.

„Ist was mit seiner Mutter?" Inzwischen spürte Mia
nicht nur ein schales Gefühl, sondern eine solide Übelkeit im Magen aufsteigen.

„Ja. Aber nicht, was du denkst. Es geht ihr zwar
scheiße, aber das ist nicht das Problem."

„Das verstehe ich nicht." Mia ignorierte ihr Smartphone, das mit mehrfachem Vibrieren den Eingang
weiterer Nachrichten verkündete.

„Ich auch nicht. Er hat mir nicht gesagt, was es ist. Nur dass er im Moment niemanden sehen kann. Er glaubt, dass er die Hochzeit nicht erträgt.“

„Das geht doch nicht“, rief Elsa aus. „Du bist sein bester Freund!“

Niklas warf seiner Mutter einen zornigen Blick zu. „Ja, Mama. Deshalb weiß ich genau, dass es etwas sein muss, das ihm den Boden unter den Füßen wegzieht. Sonst würde er niemals so etwas machen. Ich will kein gemeines Wort mehr über ihn hören! Oder hast du schon vergessen, was er in der Horrornacht für uns getan hat?“

Mia griff nach seiner Hand und drückte sie. „Warte mal ab, es sind ja noch zwei Tage. Er kann es immer noch rechtzeitig nach Metz schaffen.“

Sie nahm das Smartphone hoch und fügte Niklas der Gruppe hinzu, dann las sie die Nachrichten, die in der Zwischenzeit eingegangen waren. Camille und Sophie hatten versprochen, sich spätestens am Abend wieder zu melden. Greta hatte nachgefragt, ob es noch irgendwelche anderen Horrormeldungen gäbe.

Niklas
Kein Horror mehr, bitte! Mias und meine Horrornacht hat mir gereicht. Allerdings: Falko will nicht kommen. Der Trauzeuge fehlt …

Greta
Aber warum das denn?

Niklas
Nichts Genaues weiß man nicht. Aber ich fürchte, das muss ich einfach akzeptieren.

Sophie
Ist er nicht wie ein Bruder für dich?

Niklas

Ja ...

Sophie

Also, da scheint doch irgendwie der Wurm drin zu sein. Ich versuche mal, mit ihm zu reden. Wir haben uns in der Horrornacht gut verstanden.

Niklas

Das wär echt lieb von dir, aber setz ihm nicht zu sehr zu. Er hat irgendein Problem. Vielleicht war es ein Fehler, das in der Gruppe überhaupt zu erwähnen.

Camille

Wenn er wirklich ein Problem hat, gibt es sicher eine Lösung dafür. Wir sind die berüchtigten Brautjungfern. Wir vertreiben böse Geister, weißt du?
@Sophie: Meine Freundin aus Sarreguemines hat mir eine kleine Combo aus Metz genannt, die super schöne Musik machen soll, aber ich habe noch keine Kontaktdaten finden können. Vielleicht kennt ihr die auch? L'Amousique.

Sophie

Ja, die kenne ich tatsächlich. Yannis hat gerade schon vorgeschlagen, sie anzufragen. Die drei haben an seinem Geburtstag gespielt, und jetzt ratet mal wo! In demselben Saal, in dem die Hochzeit steigen soll! Das ist doch ein Zeichen. Drückt die Daumen, dass es klappt. Und @Niklas: Ich glaube, Falko wird es mir nicht übelnehmen, wenn ich mich bei ihm melde. Er hat mich auch mitten in der Nacht angerufen, nicht ahnend, dass ich zu der Zeit bei Mia saß, die ein heulendes Häufchen Elend war.

Mia
*Oh, Sophie, das wäre soooooo ... *träum**

Greta
Alles wird gut, ich sage es euch. Alles wird gut! Carlo kann übrigens auch, das ist endlich sicher. Er hat jemanden gefunden, mit dem er seinen Dienst tauschen kann. Wir sind gerade bei meinen Eltern, gleich gibt es Essen. Ich bin dann off. Mia, Niklas, alles wird GUT! Ich habe euch alle lieb. PS: Rehrücken, Semmelknödel, Rotkraut mit Maronen. YES!

Mia musste lachen. Was auch immer Falko so zusetzte, Sophie mit ihrem Einfühlungsvermögen würde ihn bestimmt überzeugen können. Sie nahm Niklas' Hand. Ihr war klar, dass es für ihn nur die halbe Freude würde, wenn Falko tatsächlich nicht kommen würde. „Es wird gut, du wirst sehen."

Mistelzweige und Stechginster

„Jetzt fehlt eigentlich nur noch, dass etwas mit dem Essen schiefläuft", meinte Julien am zweiten Weihnachtstag zu Camille, die ihm gerade die größeren und kleineren Hochzeitsmalheure berichtet hatte. „Oder mit den Blumen." Er lachte. „Das wär schon paradox, stell dir das mal vor: Die Braut und eine ihrer Jungfern sind Floristinnen, aber am Hochzeitstag stehen alle ohne Blumen da."

Camille boxte ihn gegen den Oberarm. Er rieb die Stelle feixend. Sie saßen in ihrem Elternhaus beim Essen, das in diesem Jahr etwas kleiner ausgefallen war als sonst. Alle Koffer für die Reise waren bereits gepackt, Camilles Kleid mit dem Cape hing in einem großzügigen Plastikwäschesack an der Garderobe im Flur. Es würde ganz zum Schluss auf das Gepäck im Kofferraum gelegt werden.

Sie verzog das Gesicht, dann winkte sie ab. „Da ist so vieles quer gelaufen, da müsste das Schicksal schon ziemlich schräg drauf sein, wenn noch etwas passieren würde. Olli hat sich bei mir gemeldet, er kann morgen noch nicht so weit reisen." Sie atmete tief ein und aus. „Seine Rede schickt er mir per Mail. Ich werde sie heute Abend lesen."

Roberto kam aus der Küche und stellte jedem ein kleines Schälchen mit Pannacotta hin. „Ich fände es klasse, wenn du eine eigene Rede halten würdest, cara."

Camilles Mutter nickte. „Du könntest das. Grazie, amore", sagte sie mit einem Lächeln zu Roberto.

Camilles Handy vibrierte, doch sie ignorierte es. In den letzten Tagen hatte sie sich fast zur Sklavin ihres

Smartphones gemacht, weil der intensive Chat mit den Brautjungfern nahezu ungesunde Ausmaße angenommen hatte. Und weil sie permanent auf Nachrichten eines gewissen Tom-Horst wartete. Auch jetzt galt ihr erster Gedanke ihm. Sie hatte fast ein schlechtes Gewissen, weil sie sich mehr darum sorgte, ob er ihr wieder schreiben würde, als um die Probleme der Hochzeit. Dabei war noch immer nicht sicher, ob Sophie Falko inzwischen erreicht hatte.

„Da ist doch ein Kerl in deinem Kopf." Julien lehnte sich zurück und grinste breit. „Das sehe ich dir an. Wer ist es?"

„Niemand", antwortete sie kurz angebunden. Tom-Horst hatte ihre letzte Frage vom Abend vor der standesamtlichen Trauung noch immer nicht beantwortet. Also war er wahrscheinlich verheiratet. Seine letzten WhatsApps hatten Camille mehr genervt als gefreut, und trotzdem fiel es ihr verdammt schwer, ihn zu vergessen. Dabei war ihr inzwischen völlig klar, dass er ihr eben nicht guttat. Es war Zeit, das Geplänkel zu beenden. Sobald die Hochzeit vorbei war, würde sie ihm ein Ultimatum stellen. Entweder er rückte mit der Sprache heraus oder sie würde ihn aus ihrem Adressbuch löschen und seine Nummer blockieren. Sie schüttelte ihrem Bruder zugewandt den Kopf, der sie noch immer mit einem schiefen Grinsen beobachtete. Lustig, in manchen Situationen hatte sie das Gefühl, in einen Spiegel zu blicken, wenn sie Julien ansah. Er hatte die gleichen dunkelbraunen Locken und grüngrauen Augen wie sie, war dabei allerdings einen halben Kopf größer. Sie beide hatten sich gegenseitig noch nie etwas vormachen können. Julien war auch der einzige Mensch, der wusste, wie sehr sie der Verlust ihres Ferienfreundes Samir damals verletzt hatte.

Julien beobachtete sie noch immer, und anscheinend registrierte er, dass sie das Thema nicht vertiefen wollte.

„Du solltest aber trotzdem rangehen", meinte er. „Das ist jetzt bestimmt die Sache mit dem Essen oder mit den Blumen." Er zog eine drollige Grimasse. „Nicht dass sich meine Prophezeiung gerade selbst erfüllt."

Camille sah das zustimmende Nicken ihrer Mutter und nahm das Smartphone zur Hand. Fünfzehn Nachrichten in der Brautjungferngruppe. Sie seufzte. Tom Du-weißt-schon-wer hatte sich heute noch nicht gemeldet. Sie tippte die Gruppe an.

Sophie
Musik: check!

Mia
Wirklich??? Oh, lass dich umarmen. Ich habe die Band gegoogelt. Sehr cool! Wir werden moderne Chansons hören. Kann man dazu eigentlich tanzen?

Sophie
Wenn du wüsstest! Ich habe mit Yannis, Jean-Jacques und Samir an dem Abend getanzt, bis es wieder hell wurde.

Camille blieb der Atem stehen. Samir? Wie oft mochte es den Namen geben? Sie versuchte sich nichts anmerken zu lassen. Samir war ein arabischer Name und in Frankreich lebten sehr viele Araber. Das war sicher nur ein Zufall. Aber schon komisch, dass sie in den letzten Tagen so oft an ihn gedacht hatte. Sie las weiter.

Niklas
Danke, Sophie, du bist wirklich ein Engel!

Sophie

Unternehmen Trauzeuge: check!!

Niklas

Wie jetzt?

Sophie

Ich habe mit ihm geredet. Langes Gespräch. Was genau vorgefallen ist, hat er nicht gesagt, und ich habe ihm versprochen, dass keiner von uns ihn damit nerven wird. Habt ihr das alle kapiert? Wir sollen ihn nicht fragen, was an Weihnachten passiert ist! Wir sollen einfach lieb zu ihm sein. Und vielleicht ein bisschen mit ihm tanzen ... Kann er tanzen, Niklas?

Niklas

WOW!!! Sophie, ich liebe dich.

Mia

*@Niklas ... *räusper**

Sophie

Yannis liest mit. Er guckt böse.

Greta

Hihi. Mich interessiert das aber auch. Kann Falko tanzen? Er sieht aus wie ein Zehnkämpfer. Ruderer. Schwimmer. Kletterer. Surfer. Ein ... ach, was weiß ich. Aber nicht wie ein Tänzer.

Niklas

@Mia: Dich liebe ich noch zweimal mehr als Sophie!

Mia

Ich liebe dich auch. Fast so sehr wie den Zehnkämpfer, Ruderer, Schwimmer, Kletterer, Surfer ... hahaha!

Camille kicherte. Diese Nachrichten waren vor zwei Stunden eingegangen. „Die Musik ist gesichert", erklärte sie ihrer Familie. „Sophie hat die Combo engagiert, von der meine Freundin Katia mir erzählt hat. L'Amousique."

„Oh, wie schön." Ihre Mutter lächelte Roberto an. „Dann können wir morgen Abend endlich mal wieder tanzen."

„Und Falko kommt auch zur Hochzeit. Sophie hat ihn offenbar überzeugt."

„Also, diese Sophie scheint ja so ziemlich alles zu managen." Julien hob anerkennend den Daumen.

„Die könnte Wedding-Planner werden."

Camille hatte nur noch mit halbem Ohr zugehört, denn in der Zwischenzeit hatte ihr Handy noch mal vibriert. Sie las die Nachrichten, die in den letzten Minuten eingegangen waren.

Mia
Wir sind unterwegs, Mädels. Metz, wir kommeeen!

Greta
@Mia: Hast du die Nachrichten gehört? Brand bei Floristik Kurtz!

Mia
???

Greta
Das Geschäftshaus und die Halle brennen. Feuerwehr ist vor Ort.

Mia
Oh Gott! Und der Kurtz? Sind alle wohlauf?

Greta

Ja, alle Gebäude sind geräumt. Er wollte gerade einen Auftrag für morgen vorbereiten, der nach Frankreich gehen sollte, da hat er den Brand bemerkt und sich in Sicherheit gebracht.

Sophie

Gott sei Dank, dass es keine Verletzten gibt. Das ist das Wichtigste. Aber trotzdem … ???

Mia

Ja, unsere Blumen.

Diese Nachricht war soeben eingegangen. Camille klinkte sich in den Chat ein.

Camille

Hört mal, Mädels. Was wir jetzt schon auf die Beine gestellt haben, grenzt an ein Wunder. Diese Hochzeit war so super geplant, und jetzt sind so viele Dinge kurz vorher schiefgegangen … stören uns da ein paar Blumen? Notfalls nehmen wir Stechginster und Mistelzweige. Oder???

Greta

Ich kümmere mich darum. Heute besorge ich alles, was aus unserem kleinen Blumenladen noch verwendbar ist. Morgen kaufe ich in Metz, was wir noch brauchen. Sophie, check bitte, ob die im Hotel genug Tischdeko für die Feier haben. Die Kirche ist eh außen vor. Heißt: Wir brauchen den Brautstrauß, die Jungfernsträuße und die Anzugsblümchen. Außerdem noch Bänder für die Antennen der Autos. Ich mach das!
Carlo und ich können erst heute Abend los, er arbeitet noch. Ich fahre sofort zum Laden und fange mit der

Arbeit an. Don't worry, be happy! Das Einzige, was ich nicht weiß: ob ich es noch zum Frisurencheck schaffe!

Mia
Ihr seid die besten Brautjungfern aller Zeiten! Ihr habt alle was gut bei mir. Ich liebe euch! Und ich erlaube Niklas, dass er euch auch liebt. Ein bisschen.
@Greta: Tim kommt auch nach Metz. Notfalls macht er dir die Haare, während wir in die Kirche einmarschieren. Alles. Wird. Gut.

Camille war überzeugt, dass Mia recht behalten würde. Trotzdem schwebte die Frage nach Onkel Ollis Rede noch über ihr, deshalb überprüfte sie ihr Mailpostfach. Olli hatte die Rede noch nicht geschickt. Hoffentlich hatte sie in Metz Gelegenheit, sie auszudrucken.

Sie lehnte sich zurück. Dann erzählte sie ihrer Familie, was geschehen war. Die drei hatten inzwischen den Tisch abgeräumt und das Geschirr in die Spülmaschine gestellt. Sie waren bereit zum Aufbruch.

Camille
Wir fahren in der nächsten Stunde los. Wir sehen uns bald! Ich freue mich! ♥

Ein letzter Check: Tom-Horst hatte sich noch nicht gemeldet. So ein Depp! Camille beschloss, sich die gute Laune an den kommenden beiden Tagen nicht von ihm verderben zu lassen. Sie freute sich auf diese Hochzeit. Und sie würde tanzen. Wenn alle Stricke reißen sollten, stand Julien ihr zur Verfügung. Und Roberto. Und bestimmt würde Sophie ihren Yannis auch mit anderen Frauen tanzen lassen. Dann war da ja auch noch Falko, für den das Tanzen wie eine Art Therapie gegen das Unglücklichsein zu sein schien. Mit Unglücklichsein kannte Camille sich aus. Sie würde auch mit Falko tanzen, ja.

Sie entschied Tom-Horst zu informieren. Rasch tippte sie noch eine WhatsApp in ihr Smartphone.

Camille
Bin für ein paar Tage weg. Lass uns über diese „liaison folle" nächste Woche sprechen. Oder nächstes Jahr. Aber dann wirklich! Au revoir.

Seine Antwort kam postwendend. Sie war kurz und knapp, wie so oft in den letzten Tagen.

Tom-Horst
D'accord!

***

Sophie war glücklich, obwohl diese Weihnachtstage ihr Nervenstärke abverlangten wie selten zuvor. An Heilig Abend hatte sie zum ersten Mal in einem Flugzeug gesessen – und sie hatte es überlebt. Genauso wie am Tag darauf, als sie mit Yannis von Saint-Tropez wieder zurück nach Metz geflogen war, um abends mit ihren Eltern bei einem schönen Essen Weihnachten zu feiern. Ihr tat nur leid, dass sie bei beiden Flügen geistig abgedreht war. Zwar hatte sie ihre Angst überstanden, aber wirklich konzentrieren hatte sie sich ausschließlich auf ihre Atmung können. Bis zur Reise in die Südsee, die Yannis ihr zu Weihnachten geschenkt hatte, würde sie kein Flugzeug mehr betreten. Die beiden Flüge verwischten in ihrem Kopf sofort zu verschwommenen Erinnerungen. Ob und was sie und Yannis miteinander geredet hatten, wusste Sophie nicht mehr.

Familie Jouvet wiederzusehen war dagegen schön gewesen. Heilig Abend zog sich für die Familie bis in die frühen Morgenstunden, weil im Hotel die Gastronomie natürlich während der Feiertage nicht pausierte. Deshalb hatten sie alle erst um Mitternacht richtig zusammensitzen können. Doch Sophie verstand jetzt, warum diese Nacht Yannis so wichtig gewesen war. Sie war einer der Höhepunkte im Jahr, bei dem die Familie eng zusammenrückte und die besondere Zeit genoss. Seine Eltern, Adrienne und ihr Mann waren fröhlicher und entspannter gewesen, als Sophie sie bisher erlebt hatte. Sie hatten viel gelacht. Als Sophie dann ins Bett fiel, war sie sofort eingeschlafen.

Am ersten und zweiten Feiertag geriet die gelöste Stimmung heftig ins Wanken, als die Hiobsbotschaften von Mia eintrafen. Alles lief schief. Wenigstens brauchten sie im Hotel La Citadelle nicht mit unangenehmen Überraschungen rechnen. Im Magasin aux Vivres arbeitete ein eingespieltes Team, das schon viele Feste gemeistert hatte. Auf Yannis' Nachfrage versicherte der Chef ihm höchstpersönlich, die Vorbereitungen liefen wie am Schnürchen.

Sophies Eltern hatten sich gewünscht, den zweiten Feiertag einfach mit Sophie in ihrem kleinen Appartement zu verbringen. So kam es, dass zum ersten Mal alle Stühle an dem alten Eichentisch besetzt waren.

Yannis hatte sich seine eigenartige wechselhafte Stimmung bewahrt. Sophie fand einfach keine Zeit, um ausgiebig mit ihm zu sprechen, zu sehr war sie mit eingebunden, um die diversen Hochzeitsprobleme zu lösen. Sie redete stundenlang mit Falko, aber auch das Aufspüren der Mitglieder von L'Amousique kostete viel Zeit. Darum kümmerte sich schließlich Yannis, obwohl er scherzhaft grummelnd klagte, dass er noch nie so stressige Weihnachten erlebt hatte.

Nachdem Sophies Eltern sich wieder auf den Weg zurück nach Aachen gemacht hatten, saß sie am Abend mit Yannis am Tisch, sie aßen einfaches Brot mit

Schinken, Frischkäse und Oliven. Sophie wünschte sich ins Bett.

„Morgen ist es endlich so weit, die denkwürdigste Hochzeit, bei der ich je dabei war ...“ Yannis grinste, aber Sophie sah, dass auch er erschöpft wirkte.

Sie legte ihre Hand auf seinen Unterarm. „Ich hatte wenig Zeit für dich, chéri. Nächstes Jahr machen wir es anders, ja?“

Er verzog den Mund. „Auf jeden Fall!“ Er nahm ihre Hand in seine und streichelte sie. „Sophie, ich wollte mit dir über etwas sprechen. Aber jetzt ist irgendwie nicht der richtige Moment.“

Sie erschrak. „Worüber denn?“ Ihr Herz pochte unangenehm schnell in ihrer Brust. Das klang nach einer unheilvollen Ankündigung.

Er hob ihre Hand zu seinen Lippen und küsste sie sacht. „Keine Angst, nichts Schlimmes.“ Er sah einen Moment zur Seite, dann gab er sich sichtlich einen Ruck. „Es geht um unseren Urlaub.“

„Unseren Urlaub?“

„Ja, um die Reise im Spätsommer. Glaubst du, dass du den langen Flug überstehen wirst?“

„Ja, das werde ich.“ Sie runzelte die Stirn. War das wirklich das Thema, über das er mit ihr sprechen wollte? Die Frage hatte er ihr doch an Heilig Abend schon gestellt. Sie holte Luft, um nachzuhaken, doch da stand er auf, zog sie mit hoch und schloss sie in seine Arme. Sie schmiegte den Kopf an seine Schulter und sog seinen Duft nach Sandelholz und Ingwer ein. Sofort fühlte sie sich wieder sicher und geborgen.

„Lass uns ins Bett gehen, chérie.“

„Du sprichst mir aus der Seele!“

Eingelullt von seiner warmen Haut und seinem Geruch kuschelte Sophie sich an ihn. Die unsichere Frage in ihrem Kopf, worüber er wirklich hatte reden wollen, rückte vor der aufregenden Hochzeit, die morgen den

Tag bestimmen würde, in den Hintergrund. Sophies Müdigkeit nach der Vorweihnachtszeit und den Feiertagen war groß genug, um sie in einen tiefen und traumlosen Schlaf zu entlassen.

It's the Most Wonderful Time of the Year

Camille hatte darauf bestanden, ihre liebste Weihnachts-CD mitzunehmen, damit sie auf der Fahrt nach Metz nicht nur die italienischen Weihnachtslieder von Roberto und die französischen ihrer Mutter, sondern auch die A-cappella-Weihnachtssongs von Pentatonix hören konnten. Julien schlug überraschend vor, eines der Lieder zu ihrem Motto für die morgige Hochzeit zu küren.

„Lass uns ein Lied aussuchen, das genau zu dem passt, was wir uns für morgen wünschen. Immerhin gab es vor der Trauung in Aachen ja heftige Panikturbulenzen. Und vor dieser jetzt gibt es heftige Missglückungstendenzen."

„Du spinnst wohl", rief Camille aus und boxte ihn gegen den Oberarm.

„Au", stöhnte Julien grinsend. „Das wird blau!"

„Heute Mittag hast du schon geunkt, und was war?" Sie rollte theatralisch mit den Augen. „Keine Musik, keine Blumen!"

Julien hob beide Hände. „Na und? Alle Probleme beseitigt. Dank euch Brautjungfern! Deshalb kommt jetzt auch mein Vorschlag für den Song des siebenundzwanzigsten Dezembers 2017: It's the Most Wonderful Time of the Year! Darauf können wir sogar Walzer tanzen."

Camille lachte. „Ich nehme dich beim Wort. Falls L'Amousique das nicht im Repertoire hat, musst du es nach der Hochzeit mit mir in unserem Zimmer tanzen."

„Aber mit Vergnügen, kleine Schwester!"

Camille behielt den Song im Ohr, bis sie abends zum gemeinsamen Essen mit den bereits angereisten

Hochzeitsgästen gingen. Bevor sie das Restaurant betrat, checkte sie noch einmal den Maileingang, um zu sehen, ob Ollis Rede inzwischen angekommen war. Nichts. Ein leises Flattern in ihrem Magen setzte ein. Das hatte nichts zu bedeuten, sagte sie sich. Sicherheitshalber schrieb sie ihm vom Handy aus eine WhatsApp und eine Mail mit der Bitte, ihr die Rede zu schicken.

Während des Essens stieg ihre Nervosität kontinuierlich, sie konnte sich nicht mehr auf die Gespräche um sich herum konzentrieren. Schließlich entschuldigte sie sich, verließ als erste den Tisch und lief auf ihr Zimmer, um die Sache mit der Rede zu klären. Sie fand noch immer keine Mail von Olli in ihrem Posteingang. Entschlossen wählte sie seine Nummer, erreichte ihn aber weder auf dem Festnetz noch auf dem Handy. Sie sprach auf die Mailbox. „Olli, hier ist Camille. Deine Rede ist nicht angekommen. Kannst du dich bitte melden? Morgen um halb elf ist die Trauung, danach die Feier. Mia erwartet eine Rede."

Dann suchte sie nach Sophies Telefonnummer. In der Brautjungferngruppe wollte sie das Thema nicht ansprechen, um Mia und Niklas nicht zu beunruhigen. Sophie und Yannis waren beim Abendessen nicht dabei gewesen. Sophie wollte morgen rechtzeitig hier sein, damit sie gemeinsam der Braut beim Anziehen helfen konnten. Greta wollte zu ihnen stoßen, sobald sie die Sträuße fertig hatte.

Camille warf einen Blick auf die Uhr. Neun. Sie schickte Sophie eine WhatsApp mit der Frage, ob sie kurz telefonieren könnten. Das Doppelhäkchen erschien, färbte sich jedoch nicht blau. Also war die Nachricht zwar angekommen, aber Sophie hatte sie noch nicht gelesen. Sollte sie es mit einem Anruf versuchen? Sie zuckte die Schultern. Klar, warum nicht? Sie tippte auf den grünen Hörer und hörte kurz darauf das Klingeln.

Eine freundliche Automatenstimme erzählte ihr auf Französisch, dass der Gesprächspartner zurzeit nicht erreichbar sei und sie doch bitte eine Nachricht hinterlassen möge. Ihren Impuls aufzulegen niederkämpfend, redete Camille drauflos. „Hier ist Camille. Ich, ich weiß gar nicht, ob es sinnvoll ist, dich anzurufen. Folgendes: Onkel Olli ist nicht erreichbar und seine Rede ist noch nicht angekommen. Du weißt bestimmt, dass ich Mia versprochen habe, seine Rede morgen zu halten. Aber jetzt habe ich nichts in der Hand. Ich weiß nicht, was ich machen soll. Die kriege ich ja nicht mehr rechtzeitig ausgedruckt ... Na ja, dann kann ich sie von meinem Tablet ablesen oder vom Handy. Aber was, wenn ich sie bis morgen nicht bekomme?" Sie hielt inne. Meine Güte, was stammelte sie sich denn da zurecht? „Weißt du was? Egal, kümmer dich nicht darum. Ich glaube, ich setze mich jetzt einfach hin und schreibe –" Ein schriller Signalton unterbrach sie, dann erklang das Besetztzeichen. Verdutzt schüttelte sie den Kopf, schaltete das Handy aus und ließ die Hand sinken.

Verflixt, ja, sie sollte sich jetzt auf den Hosenboden setzen und eine eigene Rede schreiben. Das war sie ihrer Cousine schuldig. Oh Gott, ob sie das konnte?

Sie zog ihr Tablet aus der Reisetasche und klemmte die mitgebrachte Tastatur an.

Liebe Mia, lieber Niklas, liebe Gäste, sie hielt inne. Fing man so eine Hochzeitsrede an? Sie zog eine Grimasse. Dann schloss sie die Augen und versuchte ihren Kopf zu leeren. Sie stellte sich Mia in ihrem Brautkleid vor und Niklas im Anzug. Sie rief sich die Gesichter der beiden in Erinnerung, die ein paar Stockwerke unter ihr saßen und glücklich und aufgeregt wirkten wie Kinder vor der Weihnachtsbescherung. Sie dachte an die Brautjungfern und an Falko, der mit dem Flixbus anreisen wollte und in den frühen Morgenstunden einchecken würde. Sie dachte an die Musikband, die morgen spielen würde, an den Pfarrer, der diese Hochzeit in der Kathedrale von Metz erst möglich gemacht hatte, und sie dachte an die Panikanfälle ihrer Cousine.

Und dann schrieb sie.

Sie schrak zusammen, als eine Hand sich auf ihre Schulter legte. „Camille? Was machst du denn da?" Es waren der Brudergeruch und die Bruderstimme. Julien linste über ihre Schulter auf das Display. Sie hielt die Hand darüber, damit er nichts lesen konnte.

„Weg, hau ab, nicht schauen."

Er stellte sich wieder aufrecht hin. „Na gut. Hat Olli seine Rede geschickt?"

Sie blickte auf die Seitenzahl. Drei Seiten waren es geworden. Das war okay, nicht zu viel und nicht zu wenig. Rasch speicherte sie den Text ab, ohne ihn noch einmal zu lesen. Sie würde sicher morgen früh noch Gelegenheit dazu finden. Dann rieb sie ihre Hände und stand auf.

„Nein, hat er nicht. Oder sie ist im Internetorkus verschwunden. Er ist auch nicht erreichbar, also habe ich improvisiert und selbst eine geschrieben." Sie schnalzte mit der Zunge. „Tja. Wenn es nicht anders geht, mache ich es eben selbst. Ihr sagt ja immer alle, ich solle mal schreiben – jetzt ist es dann wohl so weit." Sie grinste, keineswegs so sicher, wie sie es vorgab zu sein.

Julien zog sie in die Arme. „Das ist doch klasse, Camille! Ich bin total gespannt. Willst du nicht einmal Probe reden? Mit mir als kritischem Zuhörer?" Er ließ sie wieder los.

Sie lachte. „Nein, großer Bruder, Schluss für heute. Sind noch ein paar Leute auf oder ist alles ruhig?"

Er gähnte und streckte sich. „Wir haben einstimmig beschlossen, dass es heute nicht so spät werden soll. Alle wollen morgen fit sein. Also nein, keiner mehr auf. Und ich gehe jetzt auch schlafen. Mia hat darum gebeten, dass ihr morgen um acht zum Frühstück antanzen sollt. Auf ihrem Zimmer."

„Was Gott zusammengefügt hat, soll der Mensch nicht scheiden." Camille fragte sich, ob die Stephanskathedrale diese Worte schon oft auf Deutsch gehört hatte. Gerade hatte der Priester sie zu Mia und Niklas gesagt, dabei ihre Hände mit seiner Stola umwickelt und sie angelächelt. In dieser Sekunde wurde Camille klar, dass eine Eheschließung durchaus Grund für eine Panik war, zumindest wenn man sie nicht leichtfertig einging. Dann dachte sie, ja, in dieser Kathedrale waren die Worte ganz sicher schon öfter auf Deutsch gesagt worden, denn Metz hatte in seiner bewegten Geschichte auch zum deutschen Kaiserreich gehört. Gleich darauf fiel ihr das Stichwort Panik wieder ein. Ein stetiges Zittern breitete sich von ihrer Mitte her aus und wurde stärker. Sie verkrampfte die Hände um den kleinen Strauß, den sie im Schoß hielt. Sophie schien ihre Anspannung zu spüren. Sie wandte ihr das Gesicht zu und zog fragend die Brauen hoch.

Die Rede, formte Camille tonlos mit den Lippen. Ihr Tablet lag auf dem Zimmer und ein zweites Mal gelesen hatte sie ihren Text auch nicht. Sophie zog die Schultern hoch, auch diese Geste nur eine Andeutung, weil sie als Brautjungfern vorne saßen, für alle Anwesenden gut sichtbar.

Noch Zeit, las Camille dann von ihren Lippen ab. Sie hatte recht, es war ja noch Zeit. Camille bereute jetzt, die Rede nicht mehr angeschaut zu haben, seit sie sie gestern Abend geschrieben hatte. Und auch ihr Smartphone hatte an diesem Morgen keine neue Mail von Onkel Olli angezeigt. Das bedeutete, dass sie den Text – ihren Text – später gewissermaßen selbst zum ersten Mal lesen würde. Unbearbeitet, unkorrigiert. Aber, wie Sophie ganz richtig sagte, es war ja noch Zeit. Die Rede wollte sie erst vor dem Abendessen halten, wenn alle schon ein bisschen dem Alkohol zugesprochen und die geplanten Spiele für Lockerheit und gute Laune gesorgt hätten.

Beinahe verpasste Camille den richtigen Moment, um aufzustehen, nachdem die Hochzeitsmesse beendet war, aber dann fiel sie mit allen Anwesenden in das uralte Weihnachtslied ein, das heute zwar verspätet war, aber trotzdem die feierliche Stimmung traf, die durch die Größe und Würde der Kathedrale noch verstärkt wurde. „Sainte Nuit! A Minuit!", sang sie aus vollem Herzen mit.

Mia und Niklas trugen gerührte und feierliche Mienen, als sie noch in der Kathedrale die ersten Glückwünsche entgegennahmen. Sophie und Falko mussten auch hier als Trauzeugen ihre Unterschriften leisten. Falko sah anders aus, als Camille ihn in Erinnerung gehabt hatte. Erwachsener. Um seine Augen und seinen Mund hatte sich ein Zug eingegraben, der den jungen, sportlichen Mann interessanter machte. Sie fragte sich, was er wohl in den letzten Tagen erlebt hatte? Camille erinnerte sich, dass sie versprochen hatten, ihn nicht mit Fragen zu behelligen.

Sie ließ ihre Blicke schweifen. Das Licht, das auf der einen Seite des Kirchenschiffs hereinfiel, wurde durch die berühmten Fenster von Marc Chagall blau gefärbt. Sie hatte von dort, wo sie stand, keine Sicht auf die Fenster, aber die leuchtenden Farben zauberten eine besondere Atmosphäre. Dazu das hohe Gewölbe, der warme Ton des Gemäuers, die majestätische Größe und die Ruhe, die dieses Gebäude ausatmete, all das erfüllte Camilles Herz mit einer fast kitschigen Freude.

Es war kalt. Doch die weißen Stiefeletten, die ihre Mutter sicherheitshalber noch eingepackt und ihr in aller Frühe in die Hände gedrückt hatte, und die langen Handschuhe, die Greta mitsamt den Blumensträußen für die Brautjungfern mitgebracht hatte, ließen sie die Kälte trotz des dünnen Kleides kaum spüren.

Alles hatte geklappt! Mia sah wunderschön aus. Sie und Niklas hatten heute keine Zeit für Panik gehabt. Oder sie waren tatsächlich durch die vielen Missgeschicke im Vorfeld so abgehärtet, dass sie nichts mehr schocken konnte. Die ausgefallene Flechtfrisur, die Tim Mia gezaubert hatte, machte sie zur schönsten Braut, die Camille jemals gesehen hatte. Für Sophies lockeren Knoten hatte Tim nur zehn Minuten gebraucht, danach hatte er ihr, Camilles, Haar zu einem großen eleganten Dutt gezähmt, den sie selbst niemals hinbekommen hätte.

Sie waren bereits vor der Kathedrale aus den Wagen gestiegen, als Greta zu ihnen gekommen war – ohne ihren Carlo, aber mit Unterstützung von Niklas' Mutter Elsa. Die beiden hatten der Braut und den Brautjungfern die Sträuße in die Hände gedrückt. Dann hatte Elsa bei Bräutigam und Trauzeuge ein Blümchen am Revers befestigt – und sie hatte auch noch welche für die Väter, die Cousins und für Yannis gehabt. Tim hatte Greta an der Hand genommen und sie in die Kathedrale geführt, wo er ihr innerhalb weniger Minuten einen perfekten Chignon gezaubert hatte. Im Haupteingang hatte sich die Brautgesellschaft dann aufgestellt, Greta hatte ihren Platz eingenommen, und zum Ave Maria, das die Sängerin von L'Amousique darbot, waren sie eingezogen.

Jetzt war es vorbei. Camille atmete durch und ließ zu, dass ihr ein paar Tränen der Rührung die Wangen hinunterliefen. Dann tat sie ihren Job, lächelte, nickte, beantwortete Fragen und nahm Geschenke entgegen, die das Brautpaar an die Jungfern weiterreichte.

Sie sorgten für ein kleines Verkehrschaos, als sie im Konvoi die kurze Strecke zum Hotel fuhren, aber nichts als fröhliche Gesichter und Glückwünsche schlugen ihnen entgegen. Die drei Brautjungfern saßen in einem Wagen, den Yannis Jouvet steuerte. Falko fuhr bei Elsa und deren bester Freundin Luise mit.

„Bist du nun doch allein da?", fragte Camille an Greta gewandt.

„Nein, aber wir sind gestern erst sehr spät angekommen und Carlo hatte eine Zwanzig-Stunden-Schicht im Krankenhaus hinter sich. Er stößt nachher zu uns. Ich konnte ihm das einfach nicht abverlangen." Sie atmete tief ein und aus und wirkte eine Sekunde lang unglücklich. Dann zuckte sie die Schultern. „Vielleicht hätten wir es nicht auf Biegen und Brechen erzwingen sollen. Seine Laune ist –", sie unterbrach sich und runzelte die Stirn. „Er hat mir allen Ernstes Vorwürfe gemacht, weil ich mich um die Blumen gekümmert habe anstatt um ihn." Camille sah eine Träne im Augenwinkel der neuen Freundin. „Na ja. So ist es halt. Nicht alle haben so viel Glück wie Mia und Niklas."

Camille nickte und legte einen Moment ihre Hand auf Gretas. „Ich finde es einfach wahnsinnig, was du mit den Blumen gezaubert hast!" Camille betrachtete den Strauß, den sie in ihrem Schoß hielt. Greta hatte Zweige von Stechpalme und Mistel verwendet, um die hellgelben Rosen und die Christrosen in einer kugeligen Form zu binden. Ihre Sträuße glichen dem der Braut, waren aber kleiner.

Greta lachte befreit auf. „Du, es hat mir richtig Spaß gemacht. So hatte ich heute Morgen noch eine kleine Einkaufstour in Metz. Danke, Yannis, dass du mir Jean-Jacques geschickt hast. Er wusste genau, wo ich hin musste."

„Keine Ursache", sagte Yannis gutgelaunt vom Fahrersitz. „Ich weiß, dass ich unserem Meister der Harmonie damit eine Freude gemacht habe. Und das Ergebnis kann sich sehen lassen."

„Er hatte übrigens die Idee mit den Handschuhen", fuhr Greta fort. „Ihm froren fast die Finger ab, als er immer mehr Grünzeug für mich durch die Straßen tragen musste, und da fragte er, ob wir eigentlich wüssten, wie kalt es in der Kathedrale wäre."

„Ach, Jean-Jacques war das?" Sophie drehte sich halb um, damit sie Camille und Greta ansehen konnte. „Ein Glück! Meine Fingerspitzen sind nämlich ganz ausgekühlt, aber alles andere ist warm geblieben." Plötzlich grinste sie. „Ähm, Yannis, ich muss dir allerdings noch etwas beichten, das dir nicht gefallen wird."

„So? Dann heraus mit der Sprache." Er parkte vor dem Hotel neben dem Brautwagen. Sie warteten, bis das Brautpaar und Julien, ihr Chauffeur, ausgestiegen waren.

„Das Strumpfband, auf das du dich schon so gefreut hast, weißt du?"

„Was ist damit?"

„Das trägt die Braut", sagte Sophie trocken. „Und ich werde nicht erlauben, dass du es ihr ausziehst."

Camille und Greta lachten, stiegen aus und gingen auf den Bürgersteig. Yannis und Sophie verließen ebenfalls den Wagen, Sophie trat zu ihnen, während Yannis den Wagen abschloss.

„Hatte sie ihres vergessen?", fragte Greta. „Sie wollte sich doch noch eins kaufen."

„Ja, aber als sie es heute angezogen hat, stellte sich heraus, dass es nicht blau, sondern grün ist." Sophie lachte schallend. „Also habe ich ihr meines gegeben, das ich extra für den heutigen Tag tragen wollte. Das hat eine blaue Schleife, immerhin."

Camille zwinkerte Sophie zu. „Aber dann kann Yannis dir doch –"

„Psst", zischte Sophie, beugte sich zu ihr und flüsterte: „Das wird eine kleine Überraschung für ihn."

Es dauerte eine Weile, bis alle Gäste eingetroffen waren und ihre Plätze an den Tischen gefunden hatten, an denen zwischen sechs und zehn Personen zusammensitzen konnten. Niklas hatte Platzkarten verteilt. Die Tische waren festlich mit Decken und Blumenschmuck dekoriert, die mit Mias Kleid und dem Brautstrauß harmonierten, als wäre es vorher abgesprochen worden. Die hochlehnigen Stühle trugen Hussen, und in einer Ecke des Raums stand ein riesiger, festlich geschmückter Weihnachtsbaum. Hunderte kleiner Lichter leuchteten darin.

Es zeigte sich, dass Niklas' Familie Wort hielt. Seine Cousins und Cousinen gingen ausgesucht freundlich miteinander um. Camille fand ihr Namenskärtchen am größten Tisch, dem des Brautpaars. Bei ihnen saßen die Eltern von Braut und Bräutigam mit ihren jeweiligen Partnern, die Trauzeugen und die Brautjungfern mit ihren Partnern. Zu Camilles Linken saß Falko, der Platz zu ihrer Rechten war frei. Er war für Carlo vorgesehen, der noch nicht aufgetaucht war. Greta, die nach dem Hinsetzen sofort telefoniert hatte, versicherte, er würde gleich kommen. Sie wirkte unglücklich. Doch es war jetzt keine Zeit, sich darüber Gedanken zu machen, und auch nicht, um sie darauf anzusprechen.

Camille beschloss, rasch auf ihr Zimmer zu gehen, bevor das große Essen begann. Sie wollte die Schuhe wechseln und ihr Tablet holen, in der Hoffnung, sich später noch mal davonstehlen zu können, um die Rede durchzugehen. Doch Niklas und Mia standen an ihren Plätzen und blickten sich erwartungsvoll um. Sie schienen darauf zu warten, dass alle ruhig wurden. Offenbar wollten sie etwas sagen. Camille setzte sich wieder hin.

„Ich mach's kurz", begann Niklas. „Wir sind froh, dass ihr alle hier seid und mit uns feiert! Lasst es euch gutgehen." Er sah zu Mia, sie übernahm das Wort.

„Und wir wollen uns für die tollen Geschenke bedanken, die ihr uns in Aachen oder heute hier gemacht habt. Ihr wisst ja alle, dass wir unsere Hochzeit Anfang des Jahres ganz anders geplant hatten ...“ Leises Gelächter erklang. „Aber jetzt ist es eben so. Und ich finde, besser hätte es gar nicht kommen können. Also noch mal Danke an euch alle – und ganz besonders an meine drei Brautjungfern. Und jetzt lassen wir es uns schmecken.“

Als sich herausstellte, dass die Küche noch ein bisschen Zeit brauchte, erhob Camille sich wieder, um rasch in ihr Zimmer zu eilen. Doch noch ehe sie den Stuhl zur Seite schieben konnte, lag plötzlich eine erwartungsvolle Stille über dem Saal. Alle sahen zu ihr. Sie hörte die Worte: „Eine Rede“, und wusste, dass sie aus dieser Nummer jetzt nicht mehr herauskommen würde. Ihr Herz begann zu wummern und sie glaubte, dass man es durch den Stoff ihres Kleids gegen ihre Brust schlagen sehen müsse. Sie merkte, dass sie eine komische Grimasse zog, und bemühte sich, ihre Gesichtszüge zu glätten. Sie versuchte sich an die Tipps zu erinnern, die Jenny der Theatergruppe vor ihrem letzten Auftritt gegeben hatte: Die Leute anschauen, in die Rolle eintauchen, die Rolle leben. Aber welche Rolle? Sie hatte nichts zum Eintauchen. Sie hatte nicht einmal eine Rede, die sie performen konnte. Das Schweigen wurde langsam peinlich. Sie atmete tief ein und stellte sich vor, Jenny würde ihr dreimal über die Schulter spucken. Einen Moment schloss sie die Augen, um das Gefühl von gestern Abend wieder heraufzubeschwören, das sie beim Schreiben ihrer Rede gehabt hatte. Dann sah sie das Brautpaar an und wusste wieder, was sie sagen wollte.

„Mia“, sagte sie, „Niklas. Ich habe keine Rede dabei.“ Alle lachten, und auf einmal musste Camille an Hugh Grant denken. Die Szene in Tatsächlich ... Liebe stand ihr vor Augen, in der er als Prime Minister eine Rede vor Politkern hielt und dann vom Protokoll abwich und improvisierte, anstatt abzulesen. Mit dem Gesicht des Schauspielers vor Augen sprach sie einfach weiter. „Also wird dies eine improvisierte Rede werden. Was soll's, passt ja zu allem." Sie lächelte. Mia griff nach Niklas' Hand und setzte sich bequemer hin. Sie grinste ihre Cousine an und deutete mit dem Mund einen Kuss an.

„Ich wollte immer schon etwas zum Stichwort Panik sagen." Ein paar Leute kicherten. „Mia, wir waren noch kleine Mädchen, als ich zum ersten Mal diesen Blick in den Augen eines Menschen gesehen habe, den ich damals nicht zuordnen konnte und den ich seitdem nie wieder vergessen habe. Heute noch spielt dieser Blick in meinen schlimmsten Albträumen eine Rolle. Wir waren damals beide auf einem Geburtstag, ich glaube, es war Omas Sechzigster, und da war nur noch ein einziges Stück Erdbeerkuchen auf der Platte." Sie nickte bedeutungsvoll.

„Mein großer Bruder, dein Cousin, hatte die Herrschaft über die Kuchenschaufel. Er konnte das damals schon ganz gut. Und er", sie warf einen Blick zum Nachbartisch und zwinkerte Julien zu, „hatte mir geschworen, dass er mir zu einem Stück Erdbeerkuchen verhelfen würde." Sie machte eine kurze Pause. Mia verbiss sich ein Lachen. „Das war der Moment, in dem ich zum ersten Mal diesen Blick sah." Camille hielt inne und ahmte Mia nach, indem sie die Augen weit aufriss.

„Wenn mich jemand bittet, meine Cousine zu charakterisieren, ist das meine erste Antwort: Panic Queen." Camille lockerte die Schultern. Niemand schien ihr übelzunehmen, dass sie alles andere als eine klassische Rede hielt. „Und dann gibt es noch ein paar Adjektive, die ich einfach mal aufzählen will, in der Hoffnung, mich an alles zu erinnern, was ich gestern notiert habe und jetzt nicht bei mir trage. Meine Lieblingscousine

Mia also." Sie drehte sich zur Braut. „Rothaarig. Quirlig. Leidenschaftlich. Ehrlich bis zur Schmerzgrenze. Liebevoll. Mitfühlend. Hübsch. Zielstrebig. Treu. Und nicht zu vergessen", wieder machte sie eine kleine Pause, „panisch. Darauf stoßen wir an." In das Lachen der Anwesenden hinein hob sie ihr Wasserglas. Sie brauchte etwas, um die Trockenheit aus ihrem Mund zu vertreiben.

Als alle ihre Gläser wieder abgestellt hatten, sah sie zu Niklas. „Und nun zum Bräutigam. Dich kenne ich noch nicht so lange wie Mia, aber ich habe den Eindruck, dass ihr beide euch ergänzt. Du hast all die guten Eigenschaften, die man sich für Mia von einem Mann wünscht. Du bist gutaussehend, höflich, ehrlich, ein treuer Freund – das hat Falko jedenfalls behauptet – humorvoll und stilsicher. Aber vor allem hast du eine wichtige Eigenschaft, die dich zum perfekten Ehemann für Mia macht: Du bist –", sie machte eine Pause und sah die Gäste auffordernd an. Sie riefen einstimmig: „Panisch!" Lautes, wohlwollendes Gelächter erklang.

Camille erzählte, wie sie die Trauung in Aachen per WhatsApp verfolgt hatte, dann berichtete sie, was vor dem heutigen Tag alles schiefgelaufen war. Schließlich kam sie zum Ende ihrer Rede, wohl wissend, dass sie nicht all das vorgetragen hatte, was sie gestern notiert hatte. Aber spielte es eine Rolle? Nein, das tat es nicht.

„Nach all diesen Geschehnissen hattet ihr beide zum ersten Mal im Leben keine Panik vor einer großen Entscheidung. Ihr habt es durchgezogen, und es war richtig. Mia, Niklas, ihr werdet glücklich miteinander, daran zweifle ich keine Sekunde. Und wenn es irgendwann ans Kinderkriegen gehen sollte, wisst ihr, wen ihr im Falle einer Panikattacke sofort kontaktieren könnt. Die berüchtigten Brautjungfern." Sie wollte noch etwas sagen, doch da fiel ihr Blick auf einen Mann, der anscheinend schon die ganze Zeit in der Tür gelehnt und zugehört hatte. Ihr Herz setzte einen Schlag aus, bevor es wie ein übermütiges Fohlen losgaloppierte. Er war gut gekleidet, hatte dichtes, etwas zu langes Haar und sein Anzug kaschierte einen Bauchansatz. Seine dunklen Augen waren auf Camille geheftet und Bewunderung sprach aus ihnen.

Beim einsetzenden Applaus war Mia aufgesprungen und zu Camille gestöckelt. Sie riss ihre Cousine in die Arme und drückte sie. „Danke, das war so schön! Danke, Camille!" Dann wandte sie sich zum Saal. „Das Buffet ist eröffnet!"

Camille blickte zur Tür, doch er war verschwunden. Was machte Tom-Horst hier auf Mias Hochzeit? In ihrem Bauch setzte ein wohliges Prickeln ein.

„Das war eine sehr schöne Rede", erklang da die Stimme, die sie inzwischen so gut kannte, obwohl sie sie erst zwei Mal gehört hatte. Sie drehte ihren Kopf. Zu ihrer Rechten wurde der Stuhl zurückgezogen. Sie begriff. Und zwar noch bevor Greta die Hand des Mannes, der sich neben sie setzte, nahm, ihm einen Kuss auf die Wange gab und dann sagte: „Darf ich vorstellen, das ist Carlo Capón." Wie sie ihm darauf die Namen der Tischnachbarn aufzählte, hörte Camille nicht mehr. Das Klingeln in ihrem Kopf war zu laut.

Jingle Bell Rock

Camille konnte hinterher nicht sagen, ob das Essen gut war. Sie wusste nicht mehr, worüber sie sich mit Falko unterhalten hatte. Sie hörte nur dieses Schrillen in ihrem Kopf und benutzte Messer und Gabel mechanisch. Sie lächelte und nickte und bemühte sich, nicht nach rechts zu blicken, wo sie die Präsenz von Carlo allzu deutlich spürte.

Erst als ihr klar wurde, dass sie die Schultern verkrampfte, bis es weh tat, ließ sie sie bewusst sinken. Sie blickte auf und sah nacheinander die Menschen an ihrem Tisch an, beginnend mit Falko, der ihrem Blick begegnete. Sie fand in seinen Augen eine ähnliche Trauer wie die, die sie spürte. Die anderen am Tisch waren jedoch entspannt, unterhielten sich und ließen sich das Essen schmecken. Schließlich sah sie endlich den Mann neben sich an. Er erwiderte ihren Blick. Es gab ihr einen Stich. Der Typ, der seit ein paar Wochen mit ihr flirtete und ihr originelle, zauberhafte Komplimente gemacht hatte, sodass sie im Kopf längst unzählige Begegnungen mit ihm durchgespielt hatte – dieser Mann war Carlo Capón. Er war letzte Woche geschieden worden (so viel zu ihrer Frage, ob er verheiratet sei) und er war liiert. Mit Greta, die für Camille inzwischen zur Freundin geworden war.

Noch immer lag sein Blick auf ihr und seine dunklen Augen und das Lächeln in seinem Mundwinkel schienen ihr etwas zu versprechen. Sie runzelte die Stirn. „Hast du das gewusst?", fragte sie schließlich leise.

„Was?" Er berührte mit der Zungenspitze seine Oberlippe. Flirtete er mit ihr? Hier am Brauttisch, in Gegenwart seiner Freundin?

Sie deutete vage mit der Hand auf den Tisch. „Dass ich mit Greta befreundet bin, dass wir beide hier sein würden?"

Er schüttelte den Kopf. Greta beugte sich vor. „Camille, deine Rede war einfach perfekt. Du hast sie auch gehört, oder Carlo?"

„Ja, es war die perfekte Rede einer perfekten Frau."

Greta runzelte kurz die Stirn, dann lachte sie eine Spur zu laut. Die Kellner und Kellnerinnen begannen die Teller abzuräumen, damit das Dessert serviert werden konnte. Greta sah Camille einen Moment an, als Carlo sich umdrehte, um der Kellnerin seinen Teller zu reichen. Camille zog eine fragende Grimasse. Wie sollte sie bloß mit dieser Situation umgehen?

Hätte sie geahnt, dass der Mann, mit dem Greta seit Monaten liiert war, sie, Camille, anbaggerte – denn anders konnte man das kaum bezeichnen –, ja, was hätte sie getan? Ihr Bauch zog sich beim Gedanken an seine Flirtnachrichten und die unausgesprochenen Angebote, die er ihr geschickt hatte, zusammen. Es hatte ihr so viel Spaß gemacht, mit ihm vieldeutige Wortspiele zu wechseln. Gut, gestern war in ihr der Entschluss gereift, dieses Geplänkel zu beenden, weil sie mit seiner offenkundigen Launenhaftigkeit nicht zurechtkam. Mal meldete er sich auf jede Nachricht, mal ließ er sie warten. Mal schrieb er ausschweifend und wortgewaltig, dann presste er sich gerade mal eine einsilbige Nachricht ab. Aber trotzdem – obwohl sie bemerkt hatte, dass er ihr nicht gut tat –, hatte sie nicht aufhören können, an ihn zu denken. Dazu war es einfach zu aufregend, mit ihm zu chatten.

Und jetzt, mit dem Wissen, wer der Mann auf der anderen Seite war, gab es gar keine Alternative. Das musste sofort ein Ende haben. Bloß – war es ihre Aufgabe, Greta darüber aufzuklären? Was war denn schon geschehen? Eigentlich nichts. Und dennoch: Wenn ihr Partner auf diese Weise mit einer anderen Frau schreiben würde, wäre sie eifersüchtig, das wusste sie. War es Greta gegenüber nicht ein Vertrauensbruch, wenn sie sie nicht sofort aufklärte?

In Camilles Kopf jagten sich die Gedanken. Dass Carlo sie gelegentlich mit dem Ellbogen oder dem Oberschenkel berührte, natürlich ganz zufällig, machte es ihr nicht einfacher. Jede dieser unbeabsichtigten Berührungen schickte gleichsam einen Stromstoß durch ihren Körper. Diese Anziehungskraft, die sie bereits damals im Schnee gespürt hatte, war immer noch da. Sie versuchte unauffällig, von Carlo wegzurücken. Falko, der es bemerkte, schien zu ahnen, was in ihr vorging. Er hatte feine Antennen, so viel war klar. Vielleicht sollte sie mit ihm flirten, um Carlo zu zeigen, dass er bei ihr nicht mehr landen konnte? Dann verwarf sie diesen Gedanken wieder. Sie mochte Falko zu sehr, um ihn in das Spiel mit reinzuziehen.

Zum Glück war es ihre Aufgabe, die Tombola zu leiten. Nach dem Essen entfernte sie sich fast fluchtartig vom Tisch. Carlo sprang ebenfalls auf und bot ihr seine Hilfe an. Doch sie lachte ihn nur aus und winkte dann Falko zu sich. „Wir haben diese Tombola gemeinsam geplant, er wird mir helfen", erklärte sie. Der entgeisterte Blick, mit dem Greta Carlo musterte, entging ihr nicht.

Falko schien froh über die Aufgabe zu sein. Er wurde immer gelöster und sie arbeiteten Hand in Hand. Als er einen der Gewinne vorlas, musste Camille unwillkürlich lächeln. Falko erinnerte sie an ihren Bruder Julien, nur dass er größer war und sein Körper mehr unter Spannung stand. Vielleicht wegen seiner Sportleidenschaft. Die beiden waren fast im gleichen Alter, und auch Julien war schlank und durchtrainiert, aber Falko strahlte eine Art Anspannung aus, die Camille an ein Rennpferd erinnerte, das auf den Startschuss wartete. Sie begriff, dass er für Niklas ein Gegenpol und eine Ergänzung sein musste. Falko wirkte im Grunde wie jemand, den nichts erschüttern konnte. Dass er nun eben doch erschüttert war, machte ihn in Camilles Augen nur liebenswürdiger. Ob sie je erfahren würde, was es war, das diesen großen Jungen so aus der Bahn geworfen hatte?

Falkos Ausgelassenheit war ansteckend, während sie den Gewinnern dabei zusahen, wie sie die kleinen Challenges durchführten. Die Parodie des Brautpaars, die Julien zusammen mit Elsa aufführte, brachte alle dazu, Tränen zu lachen. Den Loriot-Vortrag mit den englischen Namen gewann Yannis. Sein französischer Akzent setzte dem Ganzen die Krone auf. Den „Kleinen plappernden Kaplan" musste die Neue von Niklas' Vater vortragen. Mit vielen gemurrten Einwürfen hangelte sie sich stammelnd durch den Text und war dabei eher unfreiwillig komisch.

Es gab eine etwas längere Pause für Camille, als sie mit den Brautjungfern und dem Paar zum Fotografieren nach draußen gingen. Erleichterung durchflutete sie, als sie bemerkte, dass Carlo im Saal blieb, wo er sich angeregt mit Mias Eltern unterhielt.

„Sag mal, kennst du Carlo irgendwoher?" Greta trat zu Camille, während ein paar Aufnahmen vom Paar vor dem Palais du Gouverneur geschossen wurden.

Camille straffte die Schultern. Jetzt musste sie Farbe bekennen. „Ja, leider."

Greta runzelte die Stirn. „Warum leider?"

Camille sah ihr in die Augen. Es tat ihr weh, dass eine so schöne und selbstbewusste Frau einem solchen Mann auf den Leim gegangen war. Und sie selbst genauso, dachte sie dann. Carlo war nichts weiter als ein armseliges Würstchen. „Er ist der Typ, der mir bei der Autopanne geholfen hat, als wir uns in Aachen getroffen haben, erinnerst du dich?"

Greta verzog die Mundwinkel. In ihrem Gesicht zeichnete sich ein ganzer Sturm von Gefühlen ab. „Ja ... der, mit dem du seitdem per Chat im Austausch stehst? Der nicht mit seinem Namen rausrücken wollte?"

„Tom-Horst? Carlo ist Tom-Horst?", fragte Sophie und sah von Greta zu Camille.

„Was?", quietschte Mia, die mit Niklas herangekommen war. Die Fotografin ging ihnen voraus zur Basilika Saint-Pierre-aux-Nonnains, um dort noch einige Fotos unter dem blauen Winterhimmel im Schnee zu machen, der die Bilder zum Leuchten brachte. Während sie Niklas und Falko etwas über die Geschichte der Basilika aus dem vierten Jahrhundert erzählte, hakte Mia nach. „Habe ich das richtig gehört? Camilles Tom-Horst ist Gretas Carlo?"

Camille nickte betreten, Greta schüttelte wie in Zeitlupe den Kopf. „Dieser ... Idiot", murmelte sie.

Die Fotografin forderte die gesamte Gruppe auf, sich vor der Basilika aufzustellen. Die Brautjungfern standen neben Niklas, Falko trat neben Mia. Camille war aufgewühlt. Sie wusste, dass sie die Vorstellung einer neuen aufregenden Bekanntschaft endgültig begraben musste, die sich in den letzten Wochen in ihrem Kopf geformt hatte. Alles, was dieser Mann ihr versprochen zu haben schien, war eine Lüge gewesen. Doch am schlimmsten fand sie, dass er sogar in Gegenwart seiner Freundin nicht aufhörte, mit Camille zu flirten. Greta fluchte so leise vor sich hin, dass Camille ihre Worte nicht verstand. Die Fotografin bat sie stillzustehen und zu lächeln.

Dann ließ sie die Kamera sinken. „So wird das nichts. Ihr seid hier nicht auf einer Beerdigung! Was ist denn auf einmal los mit euch?"

„Einen Moment", rief Greta in Richtung der Fotografin und stellte sich vor das Grüppchen, dann sah sie Camille an. „Lassen wir uns die Stimmung von so einem Kerl versauen?" Sie stemmte eine Hand in die Hüfte, in der zweiten hielt sie ihren Blumenstrauß, dann sah sie von den Brautjungfern zu Niklas, Mia und Falko. „Leute, ich habe gerade etwas erfahren, das ich heute ganz sicher nicht hätte wissen wollen. Aber jetzt ist es eben so." Sie rang sich ein Lächeln ab, dann nahm sie Mias Hand in ihre. „Mia, weißt du noch, wie wir vom Brautkleidkauf nach Hause gefahren sind? An diesem Novembertag hast du mich eigentlich schon gewarnt." Sie zog eine Grimasse.

„Ja." Mia schien zu wissen, worauf Greta hinauswollte. „Ich weiß noch genau, worüber wir gesprochen haben. Du, du wolltest es nicht hören."

„Stimmt. Ich wollte es nicht hören ... weil ich es schon geahnt habe. Aber ich habe mich geweigert, es zu glauben." Greta schüttelte den Kopf. „Mist. Andererseits – gäbe es einen besseren Anlass als eine Hochzeit, um Dinge zu bereinigen und die Zukunft zu beginnen?"

„Moment, wovon genau redet ihr?", wollte Niklas wissen und sah ratlos von Greta zu Mia.

„Carlo ist der Typ, der Camille seit ein paar Wochen anbaggert", erklärte ihm seine Frau in knappen Worten die Sachlage.

Falko pfiff durch die Zähne. „Also doch. Ich habe schon sowas vermutet." Er verzog das Gesicht. „Irre! Niklas, was hast du bloß angestellt, dass deine Hochzeit – pardon, eure", sagte er in Mias Richtung, „so eine Achterbahnfahrt wird? Wobei – mein ganz persönliches Problem hat ja nichts mit eurer Hochzeit zu tun. Ist einfach nur Zufall."

„Das ist es", erklärte Greta. „Genau wie die Tatsache, dass Carlo ausgerechnet heute auffliegt. Aber wie gesagt – gibt es einen besseren Tag und einen besseren

Anlass, um reinen Tisch zu machen?“ Sie wandte sich an Camille. „Wie ist es mit dir? Vielleicht hat er dich ja bezirzt und du ziehst eine Beziehung mit dem Herrn Doktor in Betracht?“

Camille schnaubte. „Ja, er hat mich bezirzt. Danke für das Wort.“ Ein bitteres Lachen brach aus ihr heraus. Eigentlich war das alles hier Realsatire. Sie wusste, dass sie irgendwann herzhaft darüber lachen würde. Warum also nicht jetzt gleich? „Aber ich will ihn nicht, danke sehr.“ Sie kicherte, auch wenn es in ihrem Innern fürchterlich wehtat. Greta stimmte ein, auch ihr Lachen klang dünn. Als wäre es abgesprochen, traten die beiden aufeinander zu und umarmten sich. Sie lachten, weinten und wogen sich dabei hin und her.

„Hat der Idiot wirklich geglaubt, er könne gleichzeitig mit uns beiden etwas anfangen?“ Greta löste sich aus Camilles Armen und wischte sich vorsichtig mit der behandschuhten Fingerspitze unter den Augen entlang.

„Da hat er sich mal gründlich vertan“, erklärte Camille, beugte sich nach einem prüfenden Blick und einem Wink von Sophie nach vorne und ließ sich die Wangen abtupfen.

„Können wir jetzt endlich die Bilder machen? Bevor diese Wolke sich vor die Sonne schiebt?“ Die Fotografin hielt die Kamera im Anschlag. Ihr Lächeln entkräftete den barschen Tonfall.

Alle stellten sich wieder auf, und dieses Mal fiel es Camille leicht, ein Lächeln aufzusetzen. Ihr tat nur Greta leid. Deren Schock musste noch größer sein als ihr eigener. In ihr formte sich ein unklarer Gedanke, eher ein Gefühl: Man sollte Carlo unmissverständlich klarmachen, was für ein Idiot er war.

Dieser Gedanke spukte noch immer in Camilles Kopf herum, nachdem die letzte Reihe Fotos geschossen war. Sie betraten den Festsaal, in dem es nach Kaffee und

Kuchen duftete. „Was wollt ihr jetzt tun?“ Sophie hatte die Frage gestellt und blickte von Camille zu Greta.

„Was schon? Tanzen!“ Greta setzte eine entschlossene Miene auf. „Wir werden tanzen. Falko, du forderst bitte zuerst Camille auf. Einverstanden?“

Falko wuschelte sich durch die Haare. „Okay“, sagte er langsam. „Ganz wie ihr meint. Tanzen ist genau das, was ich heute brauche.“

Niklas legte seinem besten Freund den Arm um die Schultern. „Ich bin dir so dankbar, dass du hergekommen bist!“

„Ich bin froh, dass Sophie mich überzeugt hat, doch noch zu kommen. Du bist für mich viel mehr Familie, als meine ... Eltern“, er sprach das Wort zögerlich aus. „Oder die Zwillinge.“

Der Nachmittagskaffee ging fast unbemerkt ins Abendessen über. Wie klug, dass Mia und Niklas sich für kalte Platten mit Käse, Schinken und Wurst entschieden hatten. Dazu gab es Rohkost und Dips für die Vegetarier, vervollständigt mit französischen Baguettes in verschiedenen Variationen.

L'Amousique hatten inzwischen ihre Instrumente aufgebaut und begannen während des Essens leise Hintergrundmusik zu spielen. Carlo bemühte sich ständig sowohl mit Greta als auch mit Camille ins Gespräch zu kommen, doch beide ließen sich nur auf oberflächlichen Smalltalk ein. Als Sophie im Auftrag von Mia und Niklas den Gästen erklärte, dass die Band jetzt zum Tanz aufspielen und auch Liedwünsche erfüllen würde, wandte Carlo sich Camille zu und kam ihr dabei so nahe, dass sie seinen Weinatem riechen konnte.

„Es tut mir sehr leid, belle Camille, dass ich zuerst mit Greta tanzen muss. Aber du wartest auf mich, oder?“ Er zwinkerte ihr zu. Und diesen Mann hatte sie attraktiv gefunden?

„Aber natürlich. So lange lasse ich mir von Falko auf
den Zehen herumtrampeln." Sie kicherte und nahm die
Hand, die Falko ihr hingestreckt hatte.

„Puh, bin ich froh, dass du tanzen kannst", sagte sie
einige Minuten später an Falko gewandt. „Das ist so
entspannend!" Sie sah zu ihm hoch, während er sie mit
schlafwandlerischer Sicherheit durch die Tänzer und
Tänzerinnen führte. Mehr als die Hälfte der Anwesenden drehte sich im Walzer, den Mia und Niklas ange-
führt hatten. Überrascht sah sie zum ersten Mal, dass
Falkos Augenfarbe fast identisch mit der ihrer Cousine
war. Ein helles Grünbraun. Falko lächelte. Er wirkte
längst nicht mehr so angespannt wie an diesem Morgen, als sie sich vor dem Aufbruch zur Kirche getroffen
hatten.

„Geht es dir besser?" Camille biss sich auf die Lippe.
„Entschuldige, wir wollten dir gar keine Fragen stellen."

„Na ja, diese Frage ist ja legitim. Ja, es geht mir jetzt
besser. Ich kann noch nicht über das reden, was in den
letzten Tagen passiert ist." Er führte sie in eine Drehung
und wieder zurück. „Aber im Grunde hat sich nichts geändert. Ich habe nur etwas über mich erfahren." Er
kniff die Lippen zusammen.

„Lass uns von etwas anderem reden. Ich danke dir,
dass du mich zum Tanzen aufgefordert hast. Es wäre
wirklich unangenehm, wenn ich jetzt allein dort sitzen
müsste."

„Was war das jetzt genau mit diesem Carlo?"

„Carlo ist Gretas Freund. Er ist frisch geschieden, das
weißt du schon, oder?" Auf sein Nicken fuhr sie fort.
„Ich bin ihm zufällig begegnet, als ich zu unserem
Brautjungferntreffen nach Aachen gefahren bin. Ich
hatte ja keine Ahnung, wer er ist. Er hat mir bei einer
Panne geholfen und – na ja, er war sympathisch und
witzig und er hat mich angebaggert. Er sieht zwar nicht

danach aus, aber in ihm steckt eine gehörige Portion Charme."

„Ah, du meinst, er ist der perfekte Blender?" Falko zwinkerte lächelnd.

Camille musste lachen. „Irgendwie schon. Er war ja mit Greta liiert und noch dazu bis vor wenigen Tagen mit einer anderen Frau verheiratet." Sie schwieg einen Moment, weil Falko sie in einer schnellen Drehung um ein anders Pärchen herumführte. „Es ist nichts passiert, wir haben uns nicht getroffen. Allerdings liegt das nur daran, dass ich keine Zeit hatte. Er wollte mich treffen. Und er hat wirklich heftig geflirtet." Sie schwieg einen Moment. „Ich muss gestehen, dass sein offensives Baggern bei mir funktioniert hat. Diese Beharrlichkeit", sie zog eine Grimmasse, „anscheinend lassen wir Frauen uns davon doch schmeicheln. Ich zumindest." Sie grinste. „Er kann sehr gut mit Worten umgehen."

„Verstehe. Tut mir total leid für Greta. Niklas hat mir schon mal erzählt, dass sie bisher immer Pech mit den Kerlen hatte." Falko warf einen Blick quer durch den Raum. „Das hat eine Frau wie sie nicht verdient."

„Das hat keine Frau verdient."

Er sah zu ihr herunter, drückte ihre Hand etwas fester und lächelte. „Du hast recht. Niemand hat das verdient." Camille fühlte sich durch seine verständnisvollen Worte und seinen aufmerksamen Blick getröstet. Dabei hatte Falko doch selbst dringend Trost nötig.

Das Lied ging zu Ende. Die Band forderte dazu auf, dass alle Männer zu der Dame wechselten, die am nächsten zu ihrer Rechten stand. Auf diese Weise lernte Camille noch ein paar neue Tänzer kennen, unter ihnen auch Yannis, mit dem sie ein fast identisches Gespräch führte wie mit Falko. Erst beim vierten oder fünften Lied hielt Carlo sie dann in seinen Armen. Sie musste sich eingestehen, dass ihr Herz vor Aufregung schneller schlug, und auch die Signale, die er nach wie vor aussandte, ließen sie nicht kalt. Er griff fest zu und bewegte seine Hand in ihrer Taille und ihrem Rücken auf eine Weise, die sie erregte. Sie konnte sich seinem Charme nicht ganz entziehen, obwohl sie sich wünschte, ihn mit kalten Augen betrachten zu können.

„Was für eine aufregende Tänzerin du bist." Er zog sie enger an sich. Unglückseligerweise spielte L'Amousique ausgerechnet einen Tango, den Tanz, bei dem sie ihm so nah kommen musste wie bei keinem anderen. „Du fühlst dich unglaublich an, weißt du das?"

Camille war dankbar dafür, dass das Kleid hochgeschlossen war. Leider verbarg es ihre Oberweite trotzdem nicht und Carlo nutzte die Situation schamlos aus. In einer langsamen Phase des Musikstücks drängte er sein Becken an ihres und drückte sie mit der Hand noch dichter an sich. Camille kämpfte gegen den Wunsch an, sich von ihm zu lösen und davonzueilen, denn das hätte zu viel Aufmerksamkeit erregt. Es ärgerte sie, wie stark ihr Körper auf ihn ansprach, obwohl sie im Kopf längst mit diesem Mann abgeschlossen hatte. Als er sie am Ende des Lieds länger als nötig festhielt, zischte sie: „Hör auf!"

Die Band läutete eine Pause ein, was ihm die Gelegenheit gab, sie an der Hand zum Platz zurückzuführen. „Womit soll ich aufhören?", fragte er ernsthaft. Greta war im selben Moment an den Tisch gekommen, geführt von Julien, der gerade zu seinem eigenen Platz zurückging. Sie hörte offenbar Carlos Frage, denn sie warf Camille einen verschwörerischen Blick zu.

„Mit Flirten, schätze ich mal", sagte Greta leichthin, glättete ihren Rock mit den Händen und setzte sich. „Oder ist es schon mehr als nur ein Flirt?" Sie beugte sich leicht vor, sodass sie Camille in die Augen sehen konnte. „Ist er zudringlich geworden? So hat er mich auch angegraben damals. Beim Tanzen."

Carlo sah von Greta zu Camille und runzelte die Stirn. „Was läuft hier ab?"

„Ich glaube, hier haben zwei Frauen gerade begriffen, was für ein Horst du bist." Greta tastete nach ihrem Weinglas und nahm einen tiefen Zug.

Am Tisch war es still, alle sahen zu ihnen herüber. Camille spürte, wie ihre Wangen heiß wurden. Dann legte sich von links ein Arm auf die Rückenlehne ihres Stuhls, als wolle er ihr Halt geben. Eine freundschaftliche Geste von Falko, der, wie alle am Tisch, Carlo aufmerksam beobachtete. Carlo lehnte sich zurück und zog die Brauen hoch. Ganz der Mann von Welt und der tolle Hecht, für den er sich so offensichtlich hielt, dass Camille beinahe in Lachen ausgebrochen wäre.

Mia klatschte in die Hände und stand auf. „Wir haben noch ein paar Lose!" Sie griff nach dem kleinen Stapel Briefumschläge. „Oder genauer gesagt Gewinne." Sie grinste Camille an. „Ich weiß, die waren gar nicht in der Tombola, denn die sind für ganz bestimmte Personen gedacht." Damit stand sie auf und ging um den Tisch herum. Als erstes kam sie zu Sophie und überreichte ihr einen der Umschläge, dann tat sie das Gleiche mit Falko, der neben ihr saß, anschließend mit Camille und Greta. „Ihr dürft sie erst an Silvester öffnen", erklärte sie. „Das ist ein Dankeschön von Niklas und mir an die besten Brautjungfern der Welt und an unseren Trauzeugen."

„Hast du eine Ahnung, was das ist?", murmelte Falko zu Camille, während er den Umschlag in der Innentasche seines Sakkos verstaute. Sie schüttelte den Kopf und steckte ihren Umschlag in das kleine weiße Täschchen, das zu ihrem Kleid gehörte. Auch Greta und Sophie waren offensichtlich nicht eingeweiht.

Mias Ablenkungsmanöver war geglückt, die Aufmerksamkeit war von Carlo abgewendet. Er jedoch schien zu grübeln. Er griff nach Gretas Hand und sprach leise auf sie ein. Camille war froh, dass sie ihn nicht verstehen konnte, und verwickelte ihrerseits Falko in ein Gespräch über seine Doktorarbeit. Wie sich herausstellte, war er fast fertig. Im März sollte die Disputation stattfinden. Anders als Mia vermutet hatte, war nichts an seinem Promotionsverfahren schiefgelaufen.

„Möchtest du tanzen?", fragte Falko, nachdem die Musik wieder eingesetzt hatte.

„Ja, gerne. Aber bitte, rette mich, falls ich wieder bei Carlo landen sollte."

„Das werde ich." Er führte sie in die Mitte der Tanzfläche und sie begannen einen Discofox. „Greta will anscheinend auch nicht mehr mit ihm tanzen. Julien führt sie." Falko grinste, Camille kicherte.

Und so blieb es die restliche Feier über. Beide, Greta und Camille, schafften es, sich Carlo zu entziehen. Camille genoss die Tänze mit Julien, Roberto, Yannis, ihrem Onkel und ihrem Opa, aber am meisten freute sie sich, dass Falko sie wieder und wieder aufforderte. Obwohl sie nicht über persönliche Dinge sprachen, wuchs eine große Vertrautheit zwischen ihnen heran. Camille hatte sehr bald das Gefühl, ihn schon lange zu kennen. Seine Gegenwart und sein unausgesprochenes Verständnis trösteten sie über die in ihr bohrende Enttäuschung hinweg, die Carlo ihr bereitet hatte. Immer wieder wanderte ihr Blick auch zu Greta, die etwas zu laut lachte und etwas zu stark gestikulierte. Wie musste sie sich erst fühlen?

Immerhin gelang es Camille mit voranschreitender Zeit immer besser, Carlo zu ignorieren. Die Sitzordnung hatte sich inzwischen längst aufgelöst und in den Tanzpausen trafen meist die Brautjungfern, begleitet von ihren jeweiligen Tanzpartnern, zusammen. Carlo schien ins Nachdenken versunken. Er hielt sich an seinem Glas fest, das ständig frisch mit Whisky aufgefüllt wurde, und verfolgte die beiden Frauen, mit denen er an diesem Abend wohl noch einiges vorgehabt hatte, mit seinen immer trüber werdenden Blicken.

Irgendwann kam jedoch der Punkt, an dem Camille die Toilette aufsuchen musste. Als sie sie wieder verließ, erwartete Carlo sie im Flur. Ihr Herz stolperte, um dann wie verrückt weiterzuschlagen. Erstaunt gestand sie sich ein, dass sie Angst vor dieser Begegnung hatte. Letzten Endes kannte sie ihn überhaupt nicht, wenn man von seinen charmanten Nachrichten absah, die ihn in einem viel attraktiveren Licht hatten erscheinen lassen, als er jetzt und hier wirkte. Seine Krawatte war gelöst, der oberste Hemdknopf geöffnet. Was normalerweise leger wirkte, sprach hier eine andere, aber deutliche Sprache: Zusammen mit den dunklen Schatten unter seinen Augen, die noch dazu gerötet waren – als hätte er geweint, dachte Camille eine Sekunde – und der nuschligen Aussprache, die er an den Tag legte, wirkte er nicht leger, sondern schlicht besoffen. Sie straffte die Schultern und ging auf ihn zu.

„Hallo", sagte sie kühl.

„Lass uns woanders hingehen, ich muss mit dir reden." Er griff nach ihrer Hand. Sein Gesicht wirkte unglücklich, was ihre abweisende Haltung sogleich ins Wanken brachte. Trotzdem entzog sie ihm die Hand und ärgerte sich gleichzeitig darüber, dass seine Berührung immer noch ein zartes Kribbeln auf ihrer Haut auslöste. Sie blickte sich um und nickte in Richtung Flurende. Dort machte sie einen Schritt ins Treppenhaus, er folgte ihr. Sie verschränkte die Arme vor der Brust und sah ihn abwartend an.

„Camille", er hielt inne. Sie zuckte zusammen. Die Art, wie er ihren Namen aussprach, brachte etwas in ihr zum Schwingen. Verflixt, was war das nur? Unglaublicherweise spürte sie, wie Tränen sie im Hals kitzelten. Warum war er nur so ein Mistkerl?

„Was willst du?“

Er verzog den Mund. „Ich, ich will dir erklären, was mit mir los ist.“

Sie legte abwartend den Kopf schief und reckte das Kinn vor.

„Ich habe dich gesehen und mich sofort in dich verliebt.“

Sie schnaubte. „Ach! Und was ist mit Greta? Kann es sein, dass du dich immer ein bisschen zu schnell verliebst?“

„Greta … Sie ist wundervoll. Aber –“, er unterbrach sich.

„Du warst vor ein paar Tagen noch mit ihr im Liebesurlaub, um deine Scheidung zu feiern.“ Ihre Worte halfen ihr selbst, die Dinge klar zu sehen. Das brauchte sie jetzt, denn aus irgendeinem Grund, den sie nicht verstand, hatte sie den inneren Drang, ihn in die Arme zu ziehen. War sie einfach zu gutmütig? „Und ja, Greta ist wundervoll.“ Sie musterte ihn von oben bis unten. Es kostete sie Überwindung, aber sie musste das loswerden. „Du hast sie nicht verdient.“

„Ich weiß. Ich habe mich geirrt. Die Beziehung mit ihr war ein riesiger Irrtum.“

„Ach, und seit wann weißt du das?“

„Seit ich an nichts anderes mehr denken kann als an dich, Camille.“

Sie stieß ein Schnauben aus. Das war nicht zu fassen! „Weißt du, was du da gerade sagst?“

Er sah sie an und schüttelte den Kopf.

„Du hast behauptet, du hättest dich sofort in mich verliebt und du könntest seit Wochen nur noch an mich denken. Und trotzdem bist du mit Greta weggefahren und hast ihr ganz offensichtlich vorgespielt, es wäre alles normal.“ Sie stemmte die Hände in die Hüften. „Oder hast du ihr gegenüber auch nur angedeutet, dass du mit mir Kontakt hattest? Und ich frage mich immer noch, ob du wusstest, dass ich Greta kenne. Und ob es dir den besonderen Kick gegeben hat, mir zu schreiben und mit ihr ins Bett zu gehen." Ihr Magen zog sich zusammen. Während sie ihm die Worte ins Gesicht schleuderte, wurde ihr das Ausmaß seiner Gemeinheit bewusst.

Immerhin hatte er den Anstand zu erröten. Carlo fing an zu stottern, als er sie von irgendwas zu überzeugen versuchte. Nur – wovon eigentlich? Dass er ein armer, überarbeiteter Arzt war, der sich vor den vielen Frauen nicht retten konnte, die ihn permanent umschwärmten? Dass er schließlich auch nur ein Mann war? Camille lauschte seinem weinerlichen Monolog nur noch mit halbem Ohr, dafür mit wachsender Wut. Er hätte einfach nicht den richtigen Zeitpunkt gefunden. Es wäre doch etwas Besonderes zwischen ihnen beiden, das müsse sie doch auch gespürt haben. Er hätte mit dem Feuer gespielt und sich nun die Finger verbrannt.

„Boah!", stieß Camille schließlich aus. „Hör endlich auf. Geht's noch abgeschmackter? Hast du Greta schon vorgeschlagen, dass ihr Freunde bleiben wollt?"

Er verstummte. Seine Miene änderte sich. Offenbar realisierte er gerade, dass er Camille nichts mehr vormachen konnte. Endlich vertrieb ihre Wut jegliche Zuneigung, die sie ihm gegenüber je verspürt hatte. Sie hob die Hand, um ihn zurückzuhalten, als er einen Schritt auf sie zu machte und die Arme nach vorne streckte, um nach ihrer Taille zu greifen. Sein Blick wirkte gierig, er leckte sich über die Lippen. Wollte er sie allen Ernstes einfach an sich ziehen und küssen?

„Du bist bei weitem der unsympathischste Kerl, der mir in den letzten Jahren unter die Augen gekommen ist. Mir tut jede einzelne Frau leid, der du in deinem Leben das Herz gebrochen hast. Aber anscheinend bist du ja sogar noch stolz darauf." Sie schnalzte mit der Zunge. „Armselig, Horst, einfach armselig. Lass mich in Ruhe!"

Damit drehte sie sich auf dem Absatz um und ging zurück durch den langen Flur zum Festsaal, in dem schon vor einer Weile die Musik wieder eingesetzt hatte. Camille sah Greta in den Armen von Julien tanzen. Offensichtlich suchte sie nach jemandem, denn ihre Blicke wanderten ziellos durch den Saal. Camille streckte unauffällig den Daumen in die Höhe, um ihr zu zeigen, dass es ihr gutging, und hielt zielstrebig auf den Tisch zu, an dem sie zuletzt gesessen hatte. Er war verwaist. Sie vergewisserte sich nicht, ob Carlo ihr gefolgt war, sondern setzte sich und beobachtete die Tanzenden. Greta sagte etwas zu Julien, worauf dieser sie mit einer angedeuteten Verbeugung losließ und sie zu Camilles Tisch kam. Camille sah, dass Julien Falko und Yannis ein Zeichen gab, die sich an einem der anderen Tische unterhalten hatten. Beide folgten Julien nach draußen. Sophie trat im gleichen Moment herein – sie kam wohl von der Toilette – und gesellte sich zu Camille und Greta.

Camilles Puls, der beim Gespräch mit Carlo zu rasen begonnen hatte, beruhigte sich langsam. Die Wut in ihr fiel zusammen und machte einem anderen Gefühl Platz. Erst nach einer Weile begriff sie, was es war: die blanke Erleichterung darüber, dass diese Affäre, die nie eine gewesen war, vorbei war. Carlo Capón konnte ihr gestohlen bleiben.

Sophie, die Camille einen prüfenden Blick zugeworfen hatte, winkte einen der Kellner herbei und bestellte für die drei Brautjungfern einen milden Whisky. „Ich möchte mit euch anstoßen", erklärte sie, nachdem jede von ihnen ein Glas in der Hand hielt. „Auf Mias und Niklas' Hochzeit, auf uns. Ich finde, wir haben unseren Job als Brautjungfern sehr gut gemacht." Sie nickte ihnen zu und alle nahmen einen Schluck des Getränks. Mia tippelte mit Niklas im Schlepptau herbei.

„Stoßt ihr hier etwa ohne uns an?“ Sie bat Niklas, ihnen beiden ebenfalls ein Glas zu besorgen. Als er auf einen der Kellner zuging, beugte sie sich verschwörerisch herab. „Wo sind denn die Jungs abgeblieben?“ Sie grinste. „Schnappen sie ein bisschen frische Luft?“

Greta feixte. „Falko, Julien und Yannis reden ein paar Takte mit Carlo.“

Mia schlug sich die Hand vor den Mund. Ein Glucksen klang dahinter hervor. Niklas kam mit zwei Gläsern und reichte eines seiner Frau. Fragend blickte er von ihr zu den Freundinnen. „Habe ich irgendwas verpasst? Ihr wirkt so … zufrieden.“ Er dehnte das letzte Wort.

„Dazu haben wir auch allen Grund, glaube ich.“ Gretas Blick verharrte an einer bestimmten Stelle neben Camille. Camille wandte sich um und musste lachen. Falko und Yannis kamen mit Doktor Carlo Capón herein, der sichtlich schwankte. Sein Gesichtsausdruck hatte jegliche Selbstgefälligkeit verloren. Julien, der dem Grüppchen folgte, zupfte seine Jacke zurecht. Hatte ihr Bruder Carlo etwa geschlagen? Alarmiert betrachtete Camille dessen Gesicht, doch nein, es war unversehrt. Julien verpasste Carlo einen leichten Stoß, als dieser die Richtung ändern wollte. Mit wenigen Schritten war das Grüppchen am Tisch angekommen. Carlo runzelte die Stirn und sah von Camille zu Greta.

„Was wolltest du sagen?“, fragte Julien ihn.

Carlo blickte zu Greta. „Ich gehe schlafen. Kommst du mit?“

Sie sah zu ihm auf. „Das meinst du jetzt nicht ernst, oder? Nein, Carlo, ich komme nicht mit. Gute Nacht!“

Julien griff nach Carlos Ellbogen, als dieser sich umdrehen wollte. „Wir haben das doch besprochen. Du wolltest noch etwas sagen.“

Carlo runzelte die Stirn und sah in das Gesicht von Julien. Dann drehte er sich abermals zu Greta. „Ich entschuldige mich bei dir." Er richtete den Blick auf Camille. „Und bei dir."

„Geht doch", sagte Julien und ließ ihn los.

„Schlaf gut, Carlo", fügte Falko hinzu.

Leise grummelnd trollte dieser sich davon. Nachdem er verschwunden war, schien es, als hebe sich ein letzter Schatten, der noch auf den Gästen geruht hatte. Die Stimmung wurde ausgelassener, die Tänze ungezwungener, Sakkos blieben an den Stuhllehnen hängen. Die älteren Gäste zogen sich nach und nach zurück, am Ende blieben nur noch das Brautpaar, ihre besten Freunde und die direkten Cousins und Cousinen zurück. Schließlich begleitete diese Gruppe das Brautpaar zu seiner Suite. Mit herzlichen Umarmungen wünschten sie dem Paar eine schöne Nacht, dann löste sich die Gesellschaft endgültig auf. Greta, Camille und Julien gingen nebeneinander zum Fahrstuhl. Sie mussten zum selben Stockwerk. Als Greta ihr Zimmer erreicht hatte, blieb sie stehen und sah Camille fest in die Augen.

„Ein Glück, dass wir das rechtzeitig herausgefunden haben, oder?"

Camille sog tief die Luft ein. Die Enttäuschung lag schwer auf ihr, aber sie fühlte auch die Freiheit, die die heutige Erkenntnis ihr gebracht hatte. Langsam nickte sie. „Ja. Ein Glück. Greta?"

„Ja?"

„Ich wünsche mir, dass er unsere Freundschaft nicht zerstört."

„Das wird er nicht. Ich habe eigentlich nur etwas erkannt, wovor ich die ganze Zeit die Augen verschlossen habe. Ich werde das neue Jahr ohne Carlo beginnen. Und es fühlt sich gut an!"

Camille wandte sich ihrem Bruder zu. „Ihr seid aber nicht handgreiflich geworden, oder?"

„Nein, das brauchten wir nicht. Als Falko, Yannis und ich ihn in unsere Mitte genommen haben, ist er sofort ein Stück kleiner geworden." Julien grinste. „Wir haben ihm mit wenigen Worten klargemacht, dass er es nicht noch mal wagen soll, mit einer von euch beiden Kontakt aufzunehmen."

Greta legte ihre Hand auf seinen Unterarm. „Danke. Eigentlich hätte er eine Abreibung verdient, aber –", sie zog die Schultern hoch, „wahrscheinlich ist es so besser. Wenn ich mir vorstelle, dass ich diese Nacht noch im selben Zimmer mit diesem ..." Sie zog eine angewiderte Grimasse.

„Kein Problem", sagte Julien. „Sollen wir die Betten tauschen?"

Greta schlug sich die Hand vor den Mund. Ihre Augen sprühten vor unterdrücktem Lachen. „Du meinst, du willst bei Carlo schlafen?"

„Das würdest du wirklich machen, Bruderherz?" Camille sah lächelnd zu Julien auf.

Der prustete die Luft aus und machte ein rasche Achterbewegung mit dem Kopf. „Ja, mach ich. Ich bin besoffen genug, dass mich sein Geschnarche nicht vom Schlafen abhalten wird."

Die Frauen küssten ihn auf beide Wangen. „Danke", sagte Greta und zog ihn in eine Umarmung, die er – wenn man sein breites Lächeln richtig deutete – sichtlich genoss.

In dieser Nacht fühlte Camille sich wie in Kindertagen mit Cousine Mia, wenn sie in deren Baumhaus gesessen und Geheimnisse ausgetauscht hatten. Greta und sie tuschelten noch lange nach dem Schlafengehen miteinander. Camille vertraute der neuen Freundin Geheimnisse aus ihren verflossenen Beziehungen an, die sie selbst längst vergessen geglaubt hatte. Greta gestand ihr ihre Schwäche für verheiratete Männer ein. Am nächsten Morgen erwachte Camille mit dem

Gefühl, für den Verlust eines Mannes etwas Wertvolles gewonnen zu haben, das sie vielleicht ihr Leben lang behalten würde. Eine echte Freundin.

Epilog

„Mach den Umschlag auf." Yannis sah Sophie in die Augen.

Sie waren in Sophies Appartement, weil sie Silvester ganz für sich allein haben wollten. Es war der erste Tag in diesem letzten Monat des Jahres, an dem sie nicht arbeiten mussten und niemandem gegenüber Verpflichtungen hatten. Sie hatten bei schönstem Winterwetter einen Ausflug nach Amnéville gemacht und sich dort viel Zeit gelassen, um den Zoo zu besuchen und alle Shows mitzuerleben, die angeboten wurden. Danach waren sie nach Metz zurückgekehrt, zu Sophies Appartement, das ihnen mehr Ruhe versprach als das Hotel La Citadelle. Endlich hatten sie sich ohne jeglichen Zeitdruck einander hingeben können. Sie lagen noch im Bett, doch so langsam knurrte Sophie der Magen.

Während Yannis eine Minute später in der kleinen Küchenzeile Teller und Schüsselchen füllte, suchte Sophie nun endlich den geheimnisvollen Umschlag heraus, den sie bei der Hochzeit gewonnen hatte. Aufregung erfüllte sie, als sie ihn öffnete. Heraus fiel ein Foto von einem uralten kleinen Haus im typisch bretonischen Baustil. La Madeleine stand in geschwungenen Lettern darüber. Ein Blatt lag dabei, einmal gefaltet. Sophie klappte es auf. Yannis, der gerade die Teller auf dem Tisch abstellte, trat neben sie.

„Was ist es?"

„Es ist ein Ferienaufenthalt in der Bretagne …", Sophie las weiter, „für die Brautjungfern und den Trauzeugen."

Sie blickte zu Yannis auf. „Im September nächsten Jahres."

Er atmete durch. „Das ist jetzt ungünstig."

Sie ließ das Blatt sinken. „Ich weiß." Sie lehnte sich an ihn und spürte die Wärme seiner Haut durch ihren Bademantel. „Ich werde mit Mia sprechen. Sie wird das verstehen. Unsere Reise nach Hawaii ist gebucht. Nichts wird uns davon abhalten." Sie drehte sich zu ihm um und zog ihn in ihre Arme, sog tief seinen Geruch ein und schmiegte ihre Wange an seine Schulter. Es tat so gut, die stressige Zeit endlich hinter sich lassen zu können und heute Abend nur füreinander da zu sein.

„Wollen wir essen?" Er küsste sie auf die Schläfe.

„Gern, mon amour."

„Ich frage Mia, ob ich den Gewinn übertragen kann", überlegte Sophie kurz darauf laut. „Auf Samir. Ich weiß, dass er die Bretagne liebt. Und ich glaube, er kennt Camille. Sein Name ist irgendwann gefallen, als wir miteinander gesprochen haben." Sie zuckte die Schultern. „Mehr als Nein kann er nicht sagen. Aber so wie ich ihn kenne, wird er sich freuen."

Yannis verzog den Mund. „Samir", murmelte er.

Sophie zwinkerte ihm zu. „Ja. Samir. Ich soll dich von ihm grüßen. Er hat sich gestern gemeldet und uns einen guten Rutsch gewünscht. Er ist zum Jahreswechsel zu seinen Eltern gefahren."

Yannis lachte. „So genau wollte ich es gar nicht wissen." Er beobachtete sie. Sie ließ sich auf das Spiel ein und sah ihm lange und tief in die fast schwarzen Augen. Er hörte auf zu essen, ein Grübchen erschien in seiner Wange. Sie heftete den Blick auf seinen nackten Oberkörper. Dann seufzte sie leise und wohlig.

„Weißt du, was ich einfach wunderbar finde?" Sie legte ihre Hand offen auf den Tisch, er legte seine darauf.

„Nein, sag es mir.“

„Dass Mia und Niklas jetzt bestimmt genauso glücklich sind wie du und ich. Und dass Greta und Camille sich befreien konnten. Stell dir nur vor, diese Sache mit Carlo wäre nicht aufgeflogen.“ Sie schüttelte den Kopf. „Was für ein Mistkerl!“

„Du hast recht.“ Sein Griff wurde fester. Plötzlich straffte er die Schultern, stand auf und ging zum kleinen Garderobenständer neben der Tür. Er griff in die Tasche seiner Jacke, die dort hing, und verbarg etwas in seiner Hand. Dann kam er wieder zum Tisch.

„Sophie?“ Seine Stimme klang feierlich. Sie stand auf und wandte sich ihm zu. Er strahlte sie an, die Hände hinter dem Rücken versteckt. „Du weißt, dass du mir schon ein paar Mal einen Strich durch meine Pläne gemacht hast.“

Sie runzelte die Stirn und nickte. „Du meinst diesen ganzen letzten Monat.“

„Ja. Du bist zu den unmöglichsten Momenten einfach nicht da gewesen. Und wenn du da warst, bist du eingeschlafen“, er schnaubte belustigt. „Oder du hast vor lauter Angst kein Wort von dem verstanden, was ich zu dir sagte.“

„Du meinst im Flieger von Saint-Tropez nach Hause? Es ist mir so peinlich, Yannis, aber ich stand irgendwie neben mir.“

Er legte den Kopf in den Nacken und lachte schallend. „Das habe ich bemerkt, spätestens als du mir keine Antwort gegeben hast.“ Er zuckte mit einer Schulter. „War eh eine doofe Idee, dir einen Antrag zu machen, während ich den Flieger steuere.“

„Einen Antrag?“ Die Luft blieb ihr weg.

„Oh, das klingt ja nicht gerade begeistert.“ Er nahm die Hände nach vorne. In der Rechten hielt er eine kleine Schmuckschachtel. Unverkennbar eine Ringbox.

Sophies Knie wurden weich. Es war noch zu früh! Sie waren erst seit einem Dreivierteljahr ein Paar!

„Sehe ich da etwa Panik in deinem Blick?“ Er schmunzelte. „Keine Sorge, meine süße Sophie Thielen, ich will dich nicht heiraten.“

„Nicht?“ Verwirrt biss sie sich auf die Unterlippe.

Bedächtig öffnete Yannis die Schmuckbox und hielt sie Sophie entgegen. Darin prangte ein goldener Ring, breit und schlicht. Nur ein winziger Diamant zierte ihn. „Dieser Ring ist von meiner Großmutter. Sie hat ihn Adrienne vererbt und Adrienne hat mich gefragt, ob ich ihn für die Frau haben möchte, die ich liebe und mit der ich alt werden will.“ Er sah Sophie in die Augen, dann nahm er den Ring heraus, stellte die Box auf den Tisch und griff nach Sophies Hand. Sie konnte nichts dagegen tun, dass ihre Finger zitterten.

„Sophie, ich liebe dich. Und das hier wollte ich schon an Heilig Abend in Saint-Tropez machen. Da bist du eingeschlafen. Auf dem Rückflug warst du nicht ansprechbar. Am Weihnachtsfeiertag bist du auch eingeschlafen, bevor ich überhaupt daran denken konnte. Jetzt habe ich dich endlich für mich – und du bist wach.“ Seine Augen lachten. „Willst du meine Frau sein, Sophie Thielen? Ohne dass wir dafür einen Altar oder ein Standesamt brauchen? Willst du zu mir stehen, wie ich zu dir? Und falls wir es irgendwann doch wollen, können wir immer noch die Formalitäten erledigen. Willst du?“

„Ja, Yannis, ich will.“

Er streifte ihr den Ring über den Finger. Sie drehte ihn vorsichtig, sodass der kleine Diamant oben lag. „Ich werde ihn Tag und Nacht tragen.“ Sie öffnete ihren Bademantel und ließ ihn die Schultern hinuntergleiten. Er griff ihre Hand, küsste sie auf die Schläfe und zog sie mit sich zum Bett. Und dann liebten sie sich.